CUE
FANTAS
DE AYER

Selección, introducción y notas de este volumen: Guillermo Martínez Rubio.

1. Historias de la gente.
2. Relatos fantásticos latinoamericanos 1.
3. Relatos fantásticos latinoamericanos 2.
4. Cuentos fantásticos de ayer y de hoy.
5. Relatos de hace un siglo.
6. Cuentos del asfalto.
7. Aventuras del Quijote.
8. Cuentos perversos.

CUENTOS FANTASTICOS

DE AYER Y DE HOY

P. Ovidio. J. G. Atienza. Dinastía T'ang.
I. Juan Manuel. W. Irving. E. Allan Poe.
G. Weil. G. A. Bécquer. Pío Baroja.
Rubén Darío. Chesterton. J. L. Borges.
L. Acosta.

EDITORIAL
POPULAR

Edita: EDITORIAL POPULAR, S.A. Bola, 3.
28013 Madrid. Tel.: 248 27 88.
Cubierta: Marcelo Spotti.
Ilustraciones interior: Elisa Mariscal.
Fotocomposición: CENIT, S.A.
Imprimen: Interior, FARESO. Cubierta: G. LETRA, S.A.
ISBN: 84-86524-55-5
Dep. Legal: M-10632-1988

INTRODUCCIÓN

En la narración fantástica se mezclan hasta confundirse lo real y lo imaginado, lo posible o deseado con lo soñado. Así, podemos encontrar en este vasto apartado de la literatura, leyendas —relatos inverosímiles que, convenientemente tratados, adquieren cierta posibilidad—, acontecimientos posiblemente reales que han visto desvirtuarse su veracidad una vez tamizados por la imaginación hasta convertirse en idealizaciones fabulosas, y adivinaciones que dejaron de serlo gracias a los logros de la ciencia.

Por ello podríamos considerar como fantástico cualquier relato que se ciña mínimamente a cualquiera de los anteriores supuestos.

Pero, ¿hasta qué punto los relatos incluidos en este volumen pueden ser clasificados?

¿Es más real el vuelo de Icaro que el trance hipnótico del deán de la catedral de Santiago?

¿Es menos verosímil la codicia del mendigo ciego que la fe crédula de Yacub el Magrebí?

¿Es más creible la fuerza diabólica que construye en una sola noche gigantescas obras o la fuerza del deseo que rompe las barreras de lo físico para ensoñar el amor como si en realidad se viviera?

¿Impresiona más la pesadilla vivida que la soñada?

¿Qué es más de temer? ¿La presencia etérea de seres que, acaso, sólo sean producto de nuestro miedo o nuestra imaginación o el instinto fratricida que anida en el corazón del hombre?

¿Qué es más posible? ¿La usurpación de la propia imagen o la pérdida de nuestras características físicas en los laberintos infinitos del universo?

El libro que ahora te dispones a leer únicamente puede propiciar preguntas como las anteriores o muy similares, pero las respuestas... Las respuestas nos pertenecen.

Guillermo Martínez Rubio

El vuelo de Icaro

Publio Ovidio Nasón

Dédalo, anonadado de la larga jornada que llevaba en Creta y de un destierro que le alejaba de su patria, resolvió salir del lugar que miraba con verdadero horror; pero el mar ponía a su deseo un obstáculo invencible. «Si la tierra y el mar —dijo un día— me son cerrados por el tirano, éste no sabrá cerrarme el camino de los aires. Aun cuando sea el dueño del mundo entero, el cielo no está bajo su poderío y podré por él trazarme un camino». Hablando así, Dédalo ideó un proyecto que jamás mortal alguno pudo concebir. Cogió plumas, pegándolas de forma tan admirable, que compuso dos alas en todo semejantes a las de los pájaros. Icaro, su hijo, que no sabía que trabajaba en su propia perdición, reunía las plumas con un aire optimista, o bien reblandecía la cera que las debía de unir. Dédalo, al fin, hizo el ensayo, sosteniéndose efectivamente en medio de los aires. Dirigiéndole la palabra a Icaro, le habló de esta suerte: «Ten cuidado, hijo mío, de volar siempre a la misma altura; si desciendes demasiado, la humedad del agua apesantaría[1] tus alas; si te elevas demasiado, el calor del sol te las abrasaría; ten siempre un justo medio entre estos dos extremos. Sobre todo no te aproximes a las constelaciones de la Osa, del Boyero y de Orión, y guíate siempre por mí». Le ató las alas, temblando de emoción, y con lágrimas en los ojos le explicó en breves palabras la manera de servirse de ellas. Le abrazó por última vez, tomando él primero el vuelo, para dirigir el camino: semejante al pájaro que hace salir a sus polluelos del nido, así él enseña a su hijo el peligroso arte de volar, teniendo siempre sus ojos puestos en Icaro. Sorprendidos con extrañeza a la vista de tal prodigio, tanto el pescador como el pastor y el labrador les toman por dioses. Ya había dejado a su izquierda la isla de Samos, célebre por el culto de Juno, y a la derecha, las de Delos, y Paros, Lebinta y Calimna, tan abundante en miel, cuando Icaro abandonó a su guía para elevarse más alto; el calor del sol derritió la cera que sujetaba las plumas

---

[1] *Apesantaría:* Haría más pesadas, lastraría...

de sus alas, cayendo al mar, que después de este funesto accidente siempre llevó su nombre. Dédalo, al perder a su hijo de vista y ante el temor de perderlo para siempre, le llamó en vano: «Icaro, hijo mío, ¿dónde estás? ¿En qué región te puedo encontrar?» Seguía hablando, cuando de pronto vio las alas de su hijo flotando sobre las aguas del mar. Detestó mil veces la funesta invención que concibió y rindió los últimos deberes a Icaro en la isla en que acababa de perder la vida.

PUBLIO OVIDIO NASÓN. Roma. 43 a.C.- 18 d.C.

Su estilo desenfadado y sus ideas sobre el amor ejercieron gran influencia en la sociedad romana de su tiempo. Varios poemas elegíacos, La Metamorfosis y El Arte de Amar, son sus obras principales. Este relato se ha seleccionado de *La Metamorfosis* de Publio Ovidio Nasón. Colección Austral núm. 1.326. Octava Edición. Espasa-Calpe, S.A. Madrid, 1986.

Leyenda de la construcción del Acueducto de Segovia

Recopilado por Juan García Atienza

Cuentan que, en lo alto de la ciudad, en una de las casas que miran desde arriba hacia la plaza del Azoguejo, vivía en tiempos remotos que la memoria ha olvidado un importante señor rodeado de criados, entre los cuales servía una muchacha que tenía como misión la de traer agua para la mansión. Cada día tenía que atravesar muchas veces la plaza y remontar la cuesta siguiente, recoger dos cántaras de agua del río y regresar cargada con ellas. Poco a poco, a lo largo de días y días de repetir la misma faena, la muchacha fue agotándose de cansancio, hasta que llegó un momento en que sintió que las fuerzas le fallarían definitivamente y no podría seguir cumpliendo con su trabajo. Sin poder elegir ante la perspectiva de perder el empleo o de morir agotada, se sentó una tarde al borde de la cuesta y, desesperada de su suerte, invocó al diablo, prometiendo entregarse a él si le echaba una mano.

Naturalmente, como suele suceder en estos casos, el diablo en persona se presentó inmediatamente ante ella, vestido de un modo que no ofreció dudas a la que le había invocado y dispuesto a firmar el pacto que la muchacha le había propuesto con el pensamiento. Feliz de poder encontrar una víctima, le prometió que haría venir el agua hasta el borde de la casa de su señor en una noche, pero que ella, en cambio, le haría allí mismo donación de su alma mediante la firma de un pergamino que signaría con su propia sangre. La muchacha reaccionó y, al firmar, impuso como condición que, fuera cual fuera el modo que el diablo emplease para cumplir su parte, la tarea estaría terminada antes de la salida del sol. El diablo no dudó, porque estaba convencido de que mil diablos más habrían de venir en su ayuda. Y así fue.

Por la noche, cuando ya todo el mundo se había acostado en Segovia, se desencadenó una tormenta increíble. Al menos eso creyeron los segovianos, aunque, en realidad, aquel apocalipsis de rayos y centellas había sido provocado por un auténtico ejército de demonios y trasgos que, bajo la dirección del diablo, se habían puesto a la tarea de tallar piedras, reventar canteras, cavar zanjas y levantar a toda prisa las impresionantes pilastras de piedra que, sin cal ni mortero, formarían los arcos sobre los que pasaría la acequia que habría de traer el agua desde el lejano arroyo Acebeda.

La muchacha, que no había podido conciliar el sueño y era la única que conocía la razón de aquel tumulto tempestario, veía desde su ventana cómo la obra avanzaba diabólicamente y cómo, si todo aquello llegaba a buen fin, su alma estaría perdida. Arrepentida ya de su pacto, comenzó a rogar a los cielos que vinieran en su ayuda, pero nadie parecía escucharla: la plaza del Azoguejo presentaba ya la impresionante perspectiva de la obra titánica de piedra que los demonios estaban terminando de levantar y el diablo, dando órdenes y profiriendo gritos de mando, colaboraba en aquel sarao trayendo por los aires las piedras más pesadas como si fueran plumas y colocándolas con toda exactitud en los lugares precisos. Las horas pasaban y el impresionante acueducto estaba ya casi concluido. En realidad, apenas faltaba colocar una piedra en la pilastra central, que remataría aquella obra que, de haber sido hecha por los hombres, habría tardado muchos años en ser levantada.

Ya venía el diablo cargado con aquella última piedra desde la lejana cantera cuando, de pronto, cantó el gallo de la mañana. El diablo se detuvo apenas un segundo en el aire, sorprendido ante aquel canto que le pareció a destiempo. Pero ese segundo bastó y, cuando el rey de los infiernos aún no había alcanzado el lugar donde tenía que colocar su piedra, el primer rayo de sol asomó por el horizonte. Había perdido su apuesta.

Cuando los segovianos se levantaron aquella mañana, vieron el monumento ya en su sitio y nadie comprendió por qué estaba allí. Sólo la muchacha, asustada aún por el destino que estuvo a punto de cumplirse, corrió a la catedral y contó al primer sacerdote que encontró en su camino todo cuanto había pasado. Pronto, la ciudad entera supo de aquel prodigio. Y en acción de gracias, llevaron en procesion hasta el acueducto una imagen de la Virgen y otra de san Esteban, que era el patrón de los monederos segovianos, y las colocaron, una a cada lado, en el hueco dejado por la piedra que el diablo no había tenido ocasión de colocar para rematar su titánica obra. Allí siguen las imágenes, protegiendo el diabólico acueducto que, desde entonces, cumplió fielmente con su tarea de traer hasta la ciudad el agua que tanto necesitaba, ahorrando el trabajo de tantos aguadores que, como la muchacha que realizó el pacto, pudieron desde entonces cumplir tareas mas llevaderas.

JUAN GARCÍA ATIENZA. España. Investigador de lo oculto y viajero infatigable, puede considerarse el primer cronista de las tradiciones mágicas de los pueblos de España. Así lo demuestran sus publicaciones: *Guía de la España Templaria, Guía de los pueblos malditos, Guía de las leyendas españolas* y *Guía de los heterodoxos españoles.* Este relato se ha seleccionado de *Guía de Leyendas Españolas*, de Juan García Atienza. Colección Guías de la España insólita. Editorial Ariel. Barcelona, 1985.

El encuentro

Cuento de la dinastía T'ang

Ch'ienniang era la hija del señor Chang Yi, funcionario de Hunan. Tenía un primo llamado Wang Chu, que era un joven inteligente y bien parecido. Se habían criado juntos y, como el señor Chang Yi quería mucho al joven, dijo que lo aceptaría como yerno. Ambos oyeron la promesa y como ella era hija única y siempre estaban juntos, el amor creció día a día. Ya no eran niños y llegaron a tener relaciones íntimas. Desgraciadamente, el padre era el único en no advertirlo. Un día un joven funcionario le pidió la mano de su hija. El padre, descuidando u olvidando su antigua promesa, consintió. Ch'ienniang, desgarrada por el amor y por la piedad filial, estuvo a punto de morir de pena, y el joven estaba tan despechado que resolvió irse del país para no ver a su novia casada con otro. Inventó un pretexto y comunicó a su tío que tenía que irse a la capital. Como el tío no logró disuadirlo, le dio dinero y regalos y le ofreció una fiesta de despedida. Wang Chu, desesperado, no cesó de cavilar durante la fiesta y se dijo que era mejor partir y no perseverar en un amor sin ninguna esperanza.

Wang Chu se embarcó una tarde y había navegado unas pocas millas cuando cayó la noche. Le dijo al marinero que amarrara la embarcación y que descansaran. No pudo conciliar el sueño y hacia la medianoche oyó pasos que se acercaban. Se incorporó y preguntó: «¿Quién anda a estas horas de la noche?» «Soy yo, soy Ch'ienniang», fue la respuesta. Sorprendido y feliz, la hizo entrar en la embarcación. Ella le dijo que había esperado ser su mujer, que su padre había sido injusto con él y que no podía resignarse a la separación. También había temido que Wang Chu, solitario y en tierras desconocidas, se viera arrastrado al suicidio. Por eso había desafiado la reprobación de la gente y la cólera de los padres y había venido para seguirlo a donde fuera. Ambos, muy dichosos, prosiguieron el viaje a Szechuen.

Pasaron cinco años de felicidad y ella le dio

dos hijos. Pero no llegaban noticias de la familia y Ch'ienniang pensaba diariamente en su padre. Esta era la única nube en su felicidad. Ignoraba si sus padres vivían o no y una noche le confesó a Wang Chu su congoja: como era hija única se sentía culpable de una grave impiedad filial. «Tienes un buen corazón de hija y yo estoy contigo», respondió él. «Cinco años han pasado y ya no estarán enojados con nosotros. Volvamos a casa». Ch'ienniang se regocijó y se aprestaron para regresar con los niños.

Cuando la embarcación llegó a la ciudad natal, Wang Chu le dijo a Ch'ienniang: «No sé en qué estado de ánimo encontraremos a tus padres. Déjame ir solo a averiguarlo». Al avistar la casa, sintió que el corazón le latía. Wang Chu vio a su suegro, se arrodilló, hizo una reverencia y pidió perdón. Chang Yi lo miró asombrado y le dijo: «¿De qué hablas? Hace cinco años que Ch'ienniang está en cama y sin conciencia. No se ha levantado una sola vez».

«No estoy mintiendo», dijo Wang Chu. «Está bien y nos espera a bordo».

Chang Yi no sabía qué pensar y mandó dos doncellas a ver a Ch'ienniang. A bordo la encontraron sentada, bien ataviada y contenta; hasta les mandó cariños a sus padres. Maravilladas, las doncellas volvieron y aumentó la perplejidad de Chang Yi. Entretanto, la enferma había oído las noticias y parecía ya libre de su mal y había luz en sus ojos. Se levantó de la cama y se vistió ante el espejo.

Sonriendo y sin decir una palabra, se dirigió a la embarcación. La que estaba a bordo iba hacia la casa y se encontraron en la orilla. Se abrazaron y los dos cuerpos se confundieron y sólo quedó una Ch'ienniang, joven y bella como siempre. Sus padres se regocijaron pero ordenaron a los sirvientes que guardaran silencio, para evitar comentarios.

Por más de cuarenta años, Wang Chu y Ch'ienniang vivieron juntos y felices.

Seleccionado de *Antología de la literatura fantástica*, realizada por J.L. Borges, S. Ocampo, A Bioy Casares. (EDHASA, Barcelona, 1983).

HISTORIA DE ABDULA, EL MENDIGO CIEGO

Del Libro de las Mil y Una Noches

... El mendigo ciego que había jurado no recibir ninguna limosna que no estuviera acompañada de una bofetada, refirió al Califa su historia:

—Comendador de los Creyentes, he nacido en Bagdad. Con la herencia de mis padres y con mi trabajo, compré ochenta camellos que alquilaba a los mercaderes de las caravanas que se dirigían a las ciudades y a los confines de nuestro dilatado imperio.

Una tarde que volvía de Bassorah con mi recua vacía, me detuve para que pastaran los camellos; los vigilaba, sentado a la sombra de un árbol, ante una fuente, cuando llegó un derviche[1] que iba a pie a Bassorah. Nos saludamos, sacamos nuestras provisiones y nos pusimos a comer fraternalmente. El derviche, mirando mis numerosos camellos, me dijo que no lejos de ahí, una montaña recelaba un tesoro tan infinito que aun después de cargar de joyas y de oro los ochenta camellos, no se notaría mengua en él. Arrebatado de gozo me arrojé al cuello del derviche y le rogué que me indicara el sitio, ofreciendo darle en agradecimiento un camello cargado. El derviche entendió que la codicia me hacía perder el buen sentido y me contestó:

—Hermano, debes comprender que tu oferta no guarda proporción con la fineza que esperas de mí. Puedo no hablarte más del tesoro y guardar mi secreto. Pero te quiero bien y te haré una proposición más cabal. Iremos a la montaña del tesoro y cargaremos los ochenta camellos; me darás cuarenta y te quedarás con otros cuarenta, y luego nos separaremos, tomando cada cual su camino.

Esta proposición razonable me pareció durísima; veía como un quebranto la pérdida de los cuarenta camellos y me escandalizaba que el derviche, un hombre harapiento, fuera no menos rico que yo. Accedí, sin embargo, para no arrepentir-

---

[1] *Derviche:* monje mahometano.

me hasta la muerte de haber perdido esa ocasión.

Reuní los camellos y nos encaminamos a un valle, rodeado de montañas altísimas, en el que entramos por un desfiladero tan estrecho que sólo un camello podía pasar de frente.

El derviche hizo un haz de leña con las ramas secas que recogió en el valle, lo encendió por medio de unos polvos aromáticos, pronunció palabras incomprensibles, y vimos, a través de la humareda, que se abría la montaña y que había un palacio en el centro. Entramos, y lo primero que se ofreció a mi vista deslumbrada fueron unos montones de oro sobre los que se arrojó mi codicia como el águila sobre la presa, y empecé a llenar las bolsas que llevaba.

El derviche hizo otro tanto; noté que prefería las piedras preciosas al oro y resolví copiar su ejemplo. Ya cargados mis ochenta camellos, el derviche, antes de cerrar la montaña, sacó de una jarra de plata una cajita de madera de sándalo que, según me hizo ver, contenía una pomada, y la guardó en el seno.

Salimos; la montaña se cerró; nos repartimos los ochenta camellos y valiéndome de las palabras más expresivas le agradecí la fineza que me había hecho; nos abrazamos con sumo alborozo y cada cual tomó su camino.

No había dado cien pasos cuando el numen[2]

---

[2] *Numen:* afán.

de la codicia me acometió. Me arrepentí de haber cedido mis cuarenta camellos y su carga preciosa, y resolví quitárselos al derviche, por buenas o por malas. El derviche no necesita esas riquezas —pensé—; conoce el lugar del tesoro; además, está hecho a la indigencia.

Hice parar mis camellos y retrocedí corriendo y gritando para que se detuviera el derviche. Lo alcancé.

—Hermano —le dije—, he reflexionado que eres un hombre acostumbrado a vivir pacíficamente, sólo experto en la oración y en la devoción, y que no podrás nunca dirigir cuarenta camellos. Si quieres creerme, quédate solamente con treinta; aun así te verás en apuros para gobernarlos.

—Tienes razón —me respondió el derviche—. No había pensado en ello. Escoge los diez que más te acomoden, llévatelos y que Dios te guarde.

Aparté diez camellos que incorporé a los míos; pero la misma prontitud con que había cedido el derviche, encendió mi codicia. Volví de nuevo atrás y le repetí el mismo razonamiento, encareciéndole la dificultad que tendría para gobernar los camellos, y me llevé otros diez. Semejante al hidrópico que más sediento se halla cuanto más bebe, mi codicia aumentaba a la condescendencia del derviche. Logré, a fuerza de besos y de bendiciones, que me devolviera todos los camellos con su carga de oro y de pedrería. Al entregarme el último de todos, me dijo:

—Haz buen uso de estas riquezas y recuerda que Dios, que te las ha dado, puede quitártelas si no socorres a los menesterosos, a quienes la misericordia divina deja en el desamparo para que los ricos ejerciten su caridad y merezcan, así, una recompensa mayor en el Paraíso.

La codicia me había ofuscado de tal modo el entendimiento que, al darle gracias por la cesión de mis camellos, sólo pensaba en la cajita de sándalo que el derviche había guardado con tanto esmero.

Presumiendo que la pomada debía encerrar alguna maravillosa virtud, le rogué que me la diera, diciéndole que un hombre como él, que había renunciado a todas las vanidades del mundo, no necesitaba pomadas.

En mi interior estaba resuelto a quitársela por la fuerza, pero, lejos de rehusármela, el derviche sacó la cajita del seno, y me la entregó.

Cuando la tuve en las manos, la abrí; mirando la pomada que contenía, le dije:

—Puesto que tu bondad es tan grande, te ruego que me digas cuáles son las virtudes de esta pomada.

—Son prodigiosas —me contestó—. Frotando con ella el ojo izquierdo y cerrando el derecho, se ven distintamente todos los tesoros ocultos en las entrañas de la tierra. Frotando el ojo derecho, se pierde la vista de los dos.

Maravillado, le rogué que me frotase con la pomada el ojo izquierdo.

El derviche accedió. Apenas me hubo frotado el ojo, aparecieron a mi vista tantos y tan diversos tesoros, que volvió a encenderse mi codicia. No me cansaba de contemplar tan infinitas riquezas, pero como me era preciso tener cerrado y cubierto con la mano el ojo derecho, y esto me fatigaba, rogué al derviche que me frotase con la pomada el ojo derecho, para ver más tesoros.

—Ya te dije —me contestó— que si aplicas la pomada al ojo derecho, perderás la vista.

—Hermano —le repliqué sonriendo— es imposible que esta pomada tenga dos cualidades tan contrarias y dos virtudes tan diversas.

Largo rato porfiamos; finalmente el derviche, tomando a Dios por testigo de que me decía la verdad, cedió a mis instancias. Yo cerré el ojo izquierdo, el derviche me frotó con la pomada el ojo derecho. Cuando los abrí, estaba ciego.

Aunque tarde, conocí que el miserable deseo de riquezas me había perdido y maldije mi desmesurada codicia. Me arrojé a los pies del derviche.

—Hermano —le dije—, tú que siempre me has complacido y que eres tan sabio, devuélveme la vista.

—Desventurado —me respondió—, ¿no te previne de antemano y no hice todos los esfuerzos para preservarte de esta desdicha? Conozco, sí, muchos secretos, como has podido comprobar en el tiempo que hemos estado juntos, pero no conozco el secreto capaz de devolverte la luz. Dios te había colmado de riquezas que eras indigno de poseer; te las ha quitado para castigar tu codicia.

Reunió mis ochenta camellos y prosiguió con ellos su camino, dejándome solo y desamparado, sin atender a mis lágrimas y a mis súplicas. Desesperado, no sé cuantos días erré por esas montañas; unos peregrinos me recogieron.

El Libro de las Mil y Una Noches

Las Mil y Una Noches, famosa compilación de cuentos árabes, hecha en El Cairo, a mediados del siglo XV. Europa la conoció gracias al orientalista francés Antoine Galland. En inglés hay versiones de Lene, de Burton y de Payne; en español de Rafael Cansinos Assens.

Este Relato se ha seleccionado, de *Antología de la Literatura fantástica,* realizada por J. L. Borges, S. Ocampó y A. Bioy Casares (EDHASA, Barcelona, 1983).

El brujo postergado

Infante don Juan Manuel

En Santiago había un deán[1] que tenía gran deseo de saber el arte de la nigromancia[2]. Oyó decir que don Illán de Toledo la sabía más que ninguno, y fuea Toledo a buscarlo.

El día que llegó a Toledo enderezó a la casa de don Illán y lo encontró leyendo en una cámara muy apartada. Este lo recibió con bondad; le dijo que postergara el motivo de su visita hasta des-

---

[1] *deán:* Presidente de los Canónigos de la Catedral.
[2] *Nigromancia:* Magia, hechicería, brujería...

pués de almorzar. Le señaló un alojamiento muy fresco y le dijo que lo alegraba mucho su venida. Después de almorzar, el deán le refirió la razón de aquella visita y le rogó que le enseñara la ciencia mágica. Don Illán le dijo que adivinaba que era deán, hombre de buena posición y buen porvenir y que temía ser olvidado luego por él. El deán le prometió y aseguró que nunca olvidaría aquella merced y que estaría siempre a sus órdenes. Ya arreglado el asunto, explicó don Illán que las artes mágicas no podían aprenderse sino en lugar apartado, y tomándolo por la mano, lo llevó a una pieza contigua en cuyo piso había una gran argolla de hierro. Antes le dijo a una sirvienta que trajese perdices para la cena, pero que no las pusiera a asar hasta que la mandara. Levantaron la argolla entre los dos y descendieron por una escalera de piedra bien labrada, hasta que al deán le pareció que habían bajado tanto que el lecho del Tajo estaba sobre ellos. Al pie de la escalera había una celda y luego una biblioteca. Revisaron los libros y en eso estaban cuando entraron dos hombres, con una carta para el deán, escrita por el obispo, su tío, en la que le hacía saber que estaba muy enfermo y que si quería encontrarlo vivo no demorase. Al deán lo contrariaron mucho estas nuevas, lo uno por la dolencia de su tío, lo otro, por tener que interrumpir los estudios. Optó por escribir una disculpa y la mandó al obispo. A los tres días llegaron unos hombres de luto con otras cartas para el deán, en las que se leía que el obispo había fallecido, que estaban eligiendo sucesor, y que esperaban por la gracia de Dios que lo elegirían a él. Decían también que no se molestara en venir, puesto que parecía mucho mejor que lo eligieran en su ausencia.

A los diez días vinieron dos escuderos muy bien vestidos, que se arrojaron a sus pies y besaron sus manos y lo saludaron obispo. Cuando don Illán vio estas cosas, se dirigió con mucha alegría al nuevo prelado y le dijo que agraecía al Señor que tan buenas nuevas llegaran a su casa. Luego le pidió el decanazgo vacante para uno de sus hijos. El obispo le hizo saber que había reservado el decanazgo para su propio hermano, pero que había determinado favorecerlo y que partiesen juntos para Santiago. Fueron para Santiago los tres, donde los recibieron con honores. A los seis meses el obispo recibió mandaderos del Papa, que le ofrecía el Arzobispado de Tolosa, dejando en sus manos el nombramiento de sucesor. Cuando don Illán supo esto, le recordó la antigua promesa y le pidió ese título para su hijo. El arzobispo le hizo saber que había reservado el obispado para su propio tío, hermano de su padre, pero que había determinado favorecerlo y que partiesen juntos para Tolosa. Don Illán tuvo que asentir.

Fueron para Tolosa los tres, donde los recibieron con honores y misas. A los dos años el arzobispo recibió mandaderos del Papa, que le ofrecía el capelo[3] de cardenal, dejando en sus manos el nombramiento de sucesor. Cuando don Illán supo esto le recordó la antigua promesa y le pidió ese título para su hijo. El cardenal le hizo saber que había reservado el Arzobispado para su propio tío, hermano de su madre, pero que había determinado favorecerlo y que partiesen juntos para Roma. Don Illán tuvo que asentir. Fueron para Roma los tres, donde los recibieron con honores y misas y procesiones. A los cuatro años murió el Papa y el cardenal fue elegido para el Papado por todos los demás. Cuando don Illán supo esto, besó los pies de Su Santidad, le recordó la antigua promesa y le pidió el Cardenalato para su hijo. El Papa lo amenazó con la cárcel, diciéndole que bien sabía él que no era más que un brujo y que en Toledo había sido profesor de artes mágicas. El miserable don Illán dijo que iba a volver a España y le pidió algo para comer durante el camino. El Papa no accedió. Entonces don Illán dijo con una voz sin temblor:

—Pues tendré que comerme las perdices que para esta noche encargué. —La sirvienta se presentó y don Illán le dijo que las asara. A estas palabras, el Papa volvió a hallarse en la celda subterránea, solamente deán de Santiago, y tan avergonzado de su ingratitud que no atinaba a disculparse. Don Illán dijo que bastaba con esa prueba, le negó su parte de las perdices y lo acompañó

---

[3] *Capelo:* Sombrero (cargo o dignidad).

hasta la calle, donde le deseó feliz viaje y lo despidió con gran cortesía.

DON JUAN MANUEL
Libro de los Enxiemplos (1575); versión de Jorge Luis Borges, en *La Historia Universal de la Infamia* (1935)

Infante don Juan Manuel. España. 1282-1348

Representa el primer ejemplo de estilo personal en la narrativa española. Es el primer autor español que confiere al cuento valor estético al margen de su finalidad aleccionadora o moralizante. Destacan entre sus obras el *Libro de los Estados,* y el *Libro de Patronio.* Este Relato se ha seleccionado de *Antología de la Literatura fantástica*, realizada por J. L. Borges, S. Ocampo, y A. Bioy Casares (EDHASA, Barcelona, 1983).

El secreto del lago

Anónimo

Una tarde de septiembre de 1528, bajo una imponente tormenta, llamó a un albergue perdido en un monte un noble caballero. Sus vestidos eran lujosos y el ventero, después de inspeccionar por la mirilla de la puerta, abrió complacido.

El recién llegado pidió lumbre para secar sus ropas y permiso para meter en la cuadra a su caballo, que estaba a unos pasos de él. Como la tormenta no cesaba y la noche se echaba encima, decidió alojarse allí; mandó que le prepararan buena cena y una habitación para dormir.

El ventero, imaginando que el caballero sería un gran personaje extraviado en la selva y con sus bolsillos repletos de escudos, determinó apoderarse del oro, ya que en aquel rincón tan intrincado del bosque nadie le habría visto entrar. Le sirvió la cena los más pronto posible y, sin cambiar palabra con él para que sin ninguna distracción se retirara inmediatamente, le indicó su aposento. El dueño de la venta se despidió para acostarse, pues tenía que trabajar de madrugada. Se metió en su cuarto, buscó un afilado cuchillo y con gran agitación esperó a que su huésped estuviese acostado.

Escuchó un rato sin percibir el menor ruido, y sabiendo ya con certeza que el caballero dormía, abrió con cuidado la puerta, se lanzó sobre el lecho y clavó repetidas veces el arma sobre el infeliz durmiente. El asesino, cuando comprobó a la luz de una bujía que el hombre estaba muerto, registró sus ropas, hallando en ellas varias bolsas de oro.

El hostelero se sintió feliz; varias veces contó las monedas, que ascendían a cifras fabulosas; una vez las puso en lugar seguro, metió a su víctima en un saco con piedras y muy cosido, y lo llevó a arrojar a la laguna de Taravilla, la cual creen sin fondo y comunicada con la Muela de Utiel por abismos subterráneos.

Vuelto a casa, el criminal borró toda huella del crimen, se acostó satisfecho y durmió toda la noche.

Al día siguiente, como no encontrase el cuchillo, se inquietó con el pensamiento de que lo había dejado clavado en el muerto y de que el arma tenía grabada en la hoja el nombre y apellido. Pero, ¿quién iba a sacarlo de allí? Podía vivir tranquilo: ningún humano había llegado jamás al fondo del lago.

Pasados algunos meses, un fuerte temblor de tierra abrió las entrañas de la Muela de Utiel, y lentamente el nivel del lago de Taravilla fue bajando, bajando, hasta que las aguas desaparecieron en las entrañas de las simas y el lago quedó seco. Acudieron a contemplarlo los vecinos de los pueblos cercanos y descubrieron el saco cosido; lo abrieron y encontraron la víctima del hostelero y el cuchillo con su nombre grabado.

La noticia se divulgó rápidamente, y el asesino, viéndose descubierto, antes de ser detenido, se ahorcó de una viga.

Semanas más tarde vieron que las aguas volvían a salir del seno de la tierra y llenaban el lago.

Desde entonces, se ha repetido varias veces el fenómeno; pero los vecinos creen que las aguas se retiran cuando el lago guarda un secreto, y vuelven a aparecer cuando se le ha dado al cadáver cristiana sepultura.

Seleccionado de *Leyendas de Castilla*. Colección LABOR JUVENIL. (LABOR, Madrid).

LA LEYENDA DEL SOLDADO ENCANTADO

Washington Irving

Todos han oído hablar de la cueva de San Cipriano, en Salamanca, donde en tiempos remotos enseñaba en secreto astrología, nigromancia, quiromancia y otras artes misteriosas y abominables, un viejo sacristán o, como algunos dicen, el mismo diablo disfrazado. Hace tiempo que la cueva está cerrada y olvidado hasta el mismo lugar donde se encuentra, aunque, según la tradición, la entrada se hallaba cerca de donde se alza la cruz de piedra de la plazuela del seminario Carvajal, y esta tradición parece estar corroborada, hasta cierto punto, por las circunstancias de la siguiente historia:

Había una vez un estudiante de Salamanca, don Vicente por nombre, de esa especie alegre, pero mendicante, que emprende el camino del saber sin un céntimo en el bolsillo para el viaje y que durante las vacaciones de la Universidad va pidiendo, de pueblo en pueblo y de ciudad en ciudad, para allegar fondos que le permitan proseguir los estudios del trimestre siguiente. Se encontraba a punto de iniciar sus andanzas, y siendo algo músico, llevaba terciada a la espalda una guitarra con la que distraer a los aldeanos y obtener algún dinero con que pagar una comida o una noche de posada.

Al pasar junto a la cruz de piedra de la plaza del Seminario se quitó el sombrero e hizo una breve invocación a San Cipriano para que tuviera buena suerte, cuando al bajar los ojos al suelo vio algo relucir al pie de la cruz. Recogiéndolo, resultó ser una sortija de sello, de una aleación de metal en la que parecían haberse combinado el oro y la plata. El sello llevaba, como dibujo, dos triángulos, que se cruzaban formando una estrella. Se dice que este dibujo es un signo cabalístico inventado por el sabio Salomón, de extraordinario poder en todos los casos de encantamiento; pero el honrado estudiante, como no era sabio ni brujo, no sabía nada de aquello. Tomó el anillo como regalo de San Cipriano en premio a su oración, se lo colocó en el dedo, hizo una reverencia a la cruz y, rasgando su guitarra, partió alegremente para su viaje.

La vida de un estudiante mendigo en España no es lo más miserable del mundo, sobre todo si tiene talento para hacerse agradable. Anda libremente de aldea en aldea, de ciudad en ciudad, dondequiera que la curiosidad o el capricho le llevan. Los curas rurales, que en su mayoría han sido estudiantes mendigos en su tiempo, le dan abrigo durante la noche y suculenta comida, y con frecuencia le enriquecen con varios *cuartos* por la mañana. Al presentarse de puerta en puerta por las calles de las ciudades no reciben ningún áspero desaire ni frío desdén, pues no hay deshonra en sostener su mendicidad, ya que muchos de los hombres más doctos de España comenzaron su carrera de esta forma; pero si, como el estudiante en cuestión, es un paje bien parecido y alegre compañero y, sobre todo, si sabe tocar la guitarra, está seguro de hallar cordial acogida entre los campesinos y sonrisas y favores entre sus hijas y esposas.

De esta manera, pues, recorrió más de la mitad del reino nuestro raído y musical hijo de la ciencia, con el propósito firme de visitar la famosa ciudad de Granada antes de su regreso. Acogíase a veces, para pasar la noche, al refugio de algún cura de aldea, y otras se guarecía bajo el humilde, pero hospitalario techo de un campesino. Sentado en la puerta de la choza con su guitarra, deleitaba a las gentes sencillas con sus canciones, o tocaba un *fandango* o *bolero* que hacía bailar a los morenos mozos y mozas en el blando anochecer. A la mañana siguiente partía con las amables palabras de sus hospederos y las dulces miradas y, quizás un apretón de manos de la hija.

Llegó, al fin, al principal objeto de su musical bagabundeo, a la famosa ciudad de Granada, y saludó con asombro y placer sus torres moriscas, su hermosa *vega* y sus nevadas montañas, que resplandecían a través del ambiente estival. Inútil decir con qué ávida curiosidad traspasó sus puertas y recorrió sus calles, contemplando los monumentos orientales. Todo rostro femenino, asomado a una ventana o resplandeciente en un balcón, era para él una Zoraida o una Zelinda, y no podía tropezar con ninguna elegante dama en la Alameda sin imaginársela una pricesa mora y extender su capa estudiantil bajo sus pies.

Su talento musical, su buen humor, su juventud y buen semblante le ganaron el general aprecio, a pesar de sus raídos ropajes, y durante varios días llevó una vida alegre en la vieja capital morisca y sus alrededores. Uno de sus frecuentados lugares era la fuente del Avellano, en el valle del Darro. Es uno de los sitios populares de Granada, y lo ha sido desde tiempos de los moros, y aquí tuvo oportunidad el estudiante de proseguir sus estudios de belleza femenina, rama del saber a la que se sentía bastante inclinado.

Aquí se sentaba con su guitarra, improvisaba

canciones de amor a los admirados grupos de *majos* y *majas*, o incitaba al baile con su música. En esto estaba, entretenido una tarde, cuando vio llegar a un *padre* de la Iglesia, ante cuya presencia todos se descubrieron. Sin duda se trataba de un hombre importante; era ciertamente espejo de buena, si no de santa vida; robusto y colorado, respiraba por todos sus poros el calor del tiempo y del ejercicio de su paseo. Siempre que pasaba solía, de vez en cuando, sacar un *maravedí* del bolsillo y se lo daba a algún mendigo con aire de señalada caridad.

—¡Ah, padre bendito! —exclamaban—. ¡Dios le dé larga vida y ojalá llegue muy pronto a obispo!

Para ayuda de sus pasos, al ascender la colina, se apoyaba suavemente, alguna que otra vez, en el brazo de una joven sirvienta, sin duda la cordera predilecta de éste, el más bondadoso de los pastores. ¡Y qué joven! Andaluza de los pies a la cabeza, desde la rosa que llevaba en el pelo hasta los zapatitos de hada y las medias de encaje; andaluza en todo movimiento, en todas las ondulaciones de su cuerpo; ¡andaluza lozana y ardiente! ¡Pero, además, tan recatada! ¡Tan tímida! Siempre con sus ojos bajos, escuchando las palabras del *padre*, o si por ventura dejaba escapar una mirada de soslayo, pronto la reprimía y, una vez más, bajaba sus ojos al suelo.

El buen *padre* miraba beatíficamente a la concurrencia que se reunía en torno a la fuente y tomaba asiento con cierta énfasis sobre un banco de piedra, en tanto la doncella se apresuraba a traerle un vaso de agua pura. La bebía a sorbos, pausadamente, con regusto, mezclándola con una de esas esponjosas yemas escarchadas, tan del gusto de los epicúreos españoles, y al devolver el vaso a la mano de la joven pellizcábale la mejilla con infinito cariño.

«¡Ah buen pastor! —se decía el estudiante—. ¡Qué felicidad ser recogido en su regazo con semejante corderilla por compañía!»

Pero no era probable que le aconteciese cosa tan buena. En vano ensayó aquellas facultades de agradar que habían resultado tan irresistibles con los curas de aldea y mozas de pueblo. Jamás había tocado la guitarra con tanta habilidad; jamás había derramado más conmovedoras endechas; pero ahora no tenía que habérselas con un cura de aldea ni una moza de pueblo. Sin duda, al digno sacerdote no le agradaba la música y la púdica damisela no alzaba jamás sus ojos del suelo. Poco tiempo permanecieron en la fuente; el buen *padre* avivó su regreso a Granada. La joven lanzó al estudiante una tímida mirada al marcharse, ¡pero le arrancó el corazón del pecho!

Cuando se fueron, preguntó por ellos. El *padre Tomás* era uno de los santos de Granada, modelo de orden, puntual a la hora de levantarse, a la de dar un *paseo* para abrir el apetito, a las horas de comer, a la hora de dormir la *siesta*, a la de jugar al *tresillo*, por las tardes, con algunas damas de la tertulia de la catedral; a la hora de cenar y a la hora de retirarse a descansar, a fin de reunir nuevas fuerzas para realizar una análoga serie de deberes al día siguiente. Tenía un cómodo y dócil mulo para sus paseos; un ama de llaves muy ducha en prepararle exquisitos bocados para su mesa, y la corderilla predilecta, que le mullía la almohada por la noche y le llevaba el chocolate por las mañanas.

¡Adiós ahora a la alegre e irreflexiva vida de estudiante! Aquella mirada de soslayo de unos ojos brillantes había sido su ruina. Ni de día ni de noche podía borrar de su imaginación la imagen de la recatadísima damisela. Buscó la mansión del *padre*; mas, ¡ay!, era superior a esa clase de moradas accesibles a un estudiante vagabundo como él. El digno *padre* no sentía simpatías por él; ni había sido *estudiante sopista* obligado a cantar para comer. Puso cerco a la casa durante el día para lograr alguna mirada de la joven cuando se asomaba a la ventana; pero esas miradas no lograban sino avivar la llama, sin alimentar su esperanza. Daba serenatas bajo su balcón por las noches, y una vez sintió renacer su ilusión al ver aparecer algo blanco en una ventana. ¡Ay, pero no era sino el gorro de dormir del *padre!*.

Jamás hubo enamorado mas ferviente ni damisela más tímida; el pobre estudiante estaba desesperado. Llegó, al fin, la víspera de San Juan, cuando las gentes humildes de Granada pueblan el campo, se pasan la tarde bailando y la noche en las orillas del Darro y del Genil. Felices los que en esa noche memorable lavan sus rostros en esas aguas en el preciso instante en que la campana de la catedral da las doce, porque en ese momento tienen una facultad enbellecedora. El estudiante, como no tenía nada que hacer, se dejó llevar por el tropel festivo, hasta encontrarse en el estrecho valle del Darro, bajo la altiva colina y las rojizas torres de la Alhambra. El lecho seco del río, las rocas que forman sus márgenes, los jardines que se asoman a él, estaban animados de numerosos grupos, bailando bajo las parras y las higueras al son de guitarras y castañuelas.

El estudiante permaneció algún tiempo sumido en triste melancolía, apoyado contra uno de los enormes y deformes granados que adornan los extremos del puentecillo sobre el Darro. Lanzó una ávida mirada sobre el divertido paraje, donde todo caballero tenía su dama o, para decirlo con más propiedad, cada oveja tenía su pareja; suspiró al verse en tan solitario estado, víctima de los negros ojos de la más inaccesible de las jóvenes, y se lamentó de sus raídas vestiduras, que parecían cerrarle por completo la puerta de la esperanza.

Poco a poco se fijó en un vecino igualmente solitario. Era este un alto soldado, de grave aspecto y barba canosa, que parecía estar apostado como centinela en el granado de enfrente. Tenía el rostro curtido por la intemperie, iba ataviado con una antigua armadura española, con lanza y escudo, y permanecía inmóvil como una estatua. Lo que sorprendía al estudiante era que, a pesar de estar tan extrañamente vestido, pasaba totalmente inadvertido para la multitud, aunque muchos casi se rozaban con él.

«Esta es una ciudad de singularidades de otros

tiempos —pensó el estudiante— y, sin duda, esta es una de ellas, y sus habitantes están demasiado familiarizados para sorprenderse».

Sin embargo, se había despertado su curiosidad, y puesto que era de carácter sociable, acercóse al soldado:

—¡Rara y antigua es esa armadura que llevas, camarada! ¿Puedo preguntar a que Cuerpo perteneces?

El soldado dejó escapar una entrecortada respuesta de entre un par de mandíbulas, que parecían enmohecidas en sus articulaciones.

—La Guardia Real de Fernando e Isabel.

—¡Sante María! ¿Cómo puede ser eso, si hace tres siglos que existió ese Cuerpo?

—Y tres siglos hace que monto guardia. Ahora abrigo la esperanza de que mi turno llegue a su fin. ¿Deseas fortuna?

El estudiante levantó su andrajosa capa como respuesta.

—Ya te entiendo. Si tienes fe y valor, sígueme, que tu fortuna está hecha.

—Despacio, camarada; para seguirte a ti poco valor necesitaría el que nada tiene que perder, a no ser la vida y una vieja guitarra, ninguna de las dos de gran valor; pero mi fe ya es diferente, y no he he de tentarla. Si mi fortua ha de mejorarse con un acto criminal, no pienses que mi raída capa va a hacer que yo lo cometa.

El soldado se volvió hacia él con aires de disgusto.

—Mi espada —dijo— no se ha desenvainado jamás sino por la fe y el trono. Soy *cristiano viejo*; confía en mí y no temas ningún mal.

El estudiante le siguió, maravillado. Observó que nadie se preocupaba de su conversación y que el soldado se abría paso entre varios grupos de gentes ociosas sin ser advertido, como si fuese invisible.

Después de atravesar el puente, el soldado le llevó por un sendero estrecho y pronunciado que discurría junto a un molino moro y un acueducto, subiendo después por el barranco que separa los terrenos del Generalife de los de la Alhambra. El último rayo de sol brilló sobre las almenas rojas de esa fortaleza, que se divisaba allá en lo alto, y las campanas del convento proclamaban la fiesta del día siguiente. El barranco estaba encubierto por higueras, cepas y mirtos y por las torres de los exteriores y los muros de la fortaleza. Estaba solitario, y los murciélagos, que aman la media luz, comenzaban a revolotear por él. Al fin, el soldado se detuvo ante una ruinosa y lejana torre, destinada, al parecer, a guardar un acueducto morisco. Golpeó los cimientos con el extremo de su lanza. Se oyó un ruido sordo y las macizas piedras se separaron, dejando una abertura del ancho de una puerta.

—Entra, en el nombre de la Santísima Trinidad —dijo el soldado—, y no tengas miedo a nada.

Se estremeció el corazón del estudiante; pero hizo la cruz, murmuró un Avemaría y siguió a su misterioso guía a la profunda bóveda, abierta en la roca viva, bajo la torre, y cubierta con inscripciones árabes. El soldado le señaló un banco de piedra labrado en uno de los lados de la bóveda.

—Mira —le dijo—: ese es mi lecho desde hace trescientos años.

El aturdido estudiante intentó tomarlo a broma.

—¡Por San Antonio bendito! —le dijo—. Muy pesado ha debido de ser tu sueño, teniendo en cuenta la dureza de tu lecho.

—Al contrario; estos ojos no han conocido el sueño; la vigilia incesante fue mi sino. Escucha mi suerte. Yo era uno de los guardianes de Fernando e Isabel; pero fui hecho prisionero por los moros en una de sus salidas y encerrado en esta torre. Mientras se hacían los preparativos para la rendición de la fortaleza a los soberanos, un *alfaquí* me persuadió para que le ayudase a guardar algunos tesoros de Boadbil en esta bóveda. Fui justamente castigado por mi falta. El *alfaquí* era un nigromante africano que, con sus artes infernales, lanzó un conjuro sobre mí: para que guardase sus tesoros. Algo debió de sucederle, puesto que no volvió jamás, y aquí he permanecido desde entonces, enterrado vivo. Años y años han pasado; terremotos conmovieron esta colina y oí caer a tierra, una tras otra, las piedras de esta torre por la acción natural del tiempo; pero las encantadas piedras de esta bóveda resistieron al tiempo y a los terremotos.

Una vez cada cien años, en la fiesta de San Juan, el encantamiento pierde su poder absoluto y se me permite salir y apostarme en el puente del Darro, donde me encontraste, hasta que llega alguien con fuerza suficiente para romper ese mágico hechizo. Hasta ahora he venido montando la guardia allí en vano. Ando como en una nube, oculto a las miradas de los mortales. Tú eres el primero que se ha dirigido a mí desde hace trecientos años. Y ahora comprendo la razón. Veo en tu dedo el anillo del sabio Salomón, talismán contra todo encantamiento. En ti está el librarme de este espantoso calabozo o dejarme aquí haciendo guardia otros cien años.

El estudiante escuchó este relato mudo de asombro. Había oído muchas leyendas de tesoros escondidos por un poderoso hechizo en las bóvedas de la Alhambra, pero siempre las consideró fábulas. Ahora se dio cuenta del valor de la sortija que en cierto modo le había sido otorgada por San Cipriano. No obstante, y aunque armado de tan poderoso talismán, era horrible encontrarse *tête à tête* en semejante lugar con un soldado encantado, que, según las leyes de la Naturaleza, debería haber estado reposando tranquilamente en su tumba desde hacía cerca de tres siglos.

Sin embargo, un personaje de esta especie estaba por completo fuera de lo normal y no había que tomarlo a juego, por lo que le aseguró que podría confiar en su amistad y buena voluntad para hacer todo cuanto estuviese en su poder para su liberación.

—Confio en una razón mas poderosa que la amistad —respondió el soldado.

Y le señaló un pesado cofre de hierro, guardado por cerraduras y con inscripciones en caracteres árabes.

—Este cofre —le dijo— contiene un tesoro incalculable en oro, joyas y piedras preciosas. Rompe el mágico hechizo que me tiene esclavizado, y la mitad de este tesoro será tuyo.

—Pero ¿qué he de hacer?

—Necesitamos la ayuda de un sacerdote y una doncella cristianos. El sacerdote, para exorcizar los poderes ocultos; la doncella, para que toque el arca con el sello de Salomón. Esto ha de hacerse por la noche. Mas ten cuidado. Esta es una solemne labor, no ha de realizarla ningún ser de mentalidad carnal. El sacerdote deberá ser un *cristiano viejo*, modelo de santidad; tendrá que mortificar su carne antes de venir aquí, con ayuno riguroso durante veinticuatro horas; y en cuanto a la doncella, debe ser intachable e impenetrable a toda tentación. No tardes en encontrarla. Mi licencia termina dentro de tres días; si no me has liberado antes de la medianoche del tercero, habré de seguir la guardia durante otro siglo.

—No temas —dijo el estudiante—. Tengo a la vista el sacerdote y la doncella que has descrito; mas ¿cómo he de volver a entrar en esta torre?

—El sello del rey Salomón te la abrirá.

Salió el estudiante de la torre mucho mas contento que había entrado. Se cerró el muro tras él, quedándose macizo como antes.

A la mañana siguiente se dirigió sin remilgos a la mansión del sacerdote, no ya como un pobre estudiante vagabundo, rasgando las cuerdas de la guitarra, sino como embajador de un mundo fantástico, que posee tesoros encantados por otorgar. No se tienen detalles de sus negociaciones, salvo que el celo del digno sacerdote se inflamó ante la idea de librar a un viejo soldado de la fe y un cofre del Rey Chico de las mismas garras de Satán, y, además, ¡cuántas limosnas podrían distribuirse, cuántas iglesias podrían levantarse y cuántos parientes pobres enriquecerse con el tesoro morisco!

En cuanto a la inmaculada doncella, estaba dispuesto a prestar su mano, que era todo cuanto se necesitaba para la piadosa obra, y, si pudiera darse crédito a alguna que otra tímida mirada, el embajador empezaba a encontrar agrado en sus púdicos ojos.

Sin embargo, la mayor dificultad estribaba en el ayuno a que había de someterse el padre. Dos veces lo intentó, y dos veces la carne fue más fuerte que el espíritu. Sólo al tercer día pudo resistir las tentaciones de la despensa; pero aún quedaba por ver si lograba prolongarlo hasta romper por completo el hechizo.

A hora avanzada de la noche inició el grupo la subida por el barranco, a la luz de una linterna y llevando un cesto con provisiones para exorcizar al demonio del hambre tan pronto como las otros demonios yaciesen en el mar Rojo.

El sello de Salomón les abrió el paso a la torre. Hallaron al soldado sentado en el cofre encantado, esperando su llegada. Se efectuó el exorcismo en debida forma. La damisela avanzó y tocó las cerraduras del cofre con el sello del rey Salomón. Saltó la tapa, ¡y qué tesoros de oro, alhajas y piedras preciosas deslumbraron su mirada!

—¡A ponerse las botas! —gritó el estudiante con alborozo, mientras procedía a llenarse los bolsillos.

—Vayamos despacio —exclamó el soldado—. Saquemos el cofre entero y luego dividámoslo.

Pusieron, pues, manos a la obra con todo ahínco; pero era una tarea difícil; el arca era enormemente pesada y estaba allí empotrada desde hacía siglos. Mientras estaban así ocupados, el buen *dómine* se apartó a un lado y lanzó una vigorosa arremetida contra la cesta, a fin de exorcizar el demonio del hambre, que le roía las entrañas. En un momento devoró un grueso capón, regándolo con un considerable trago de *valdepeñas*, y a modo de gracia, tras la comida, le dio un bondadoso beso a la cordera predilecta que le servía. Todo esto fue hecho silenciosamente en un rincón, mas los parlanchines muros lo proclamaron como victoriosos. Jamás un casto saludo produjo efectos más desastrosos. Al oírlo, el soldado dejó escapar un inmenso grito de desesperación: el cofre, que estaba a medio abrir, volvió a su sitio y se cerró de nuevo. Sacerdote, estudiante y doncella se encontraron fuera de la torre, cuyos muros se habían cerrado por estrépito. ¡Ay! ¡el buen *padre* ha roto su ayuno demasiado pronto!

Cuando se rehizo de su sorpresa, el estudiante quiso volver a entrar en la torre; pero vio, consternado, que la joven en su susto, había dejado caer el sello de Salomón, quedándose dentro de la bóveda.

En una palabra, la campana de la catedral dio las doce; se restableció el encanto, el soldado quedó condenado a montar guardia durante otros cien años, y allí quedan él y el tesoro..., y todo porque el bondadoso *padre* había besado a la doncella.

—¡Ah, padre, padre! —exclamaba el estudiante, sacudiendo la cabeza tristemente mientras descendía por el barranco—. ¡Mucho me temo que ese beso tuviera menos de santo que de pecador!

Y así termina la leyenda, hasta donde se ha podido comprobar. Existe, sin embargo, la tradición de que el estudiante había sacado en el bolsillo tesoros suficientes para elevar su condición en el mundo, que prosperó en sus negocios, que el digno *padre* le dio en matrimonio a la cordera predilecta, a modo de enmienda por su falta de tino dentro de la bóveda; que la inmaculada joven resultó ser modelo de esposas, como lo fuera de doncellas, y dio a su marido una numerosa descendencia; que el primero fue una maravilla, que nació a los siete meses del matrimonio, y, no obstante ser sietemesino, fue el más robusto de la prole.

La historia del soldado encantado sigue siendo una de las tradiciones de Granada, aunque se cuenta de diversas maneras; afirma el vulgo que aún sigue montando la guardia la noche de San Juan junto al gigantesco granado del puente del Darro; pero continúa invisible, excepto para aquellos afortunados mortales que posean el sello de Salomón.

WASHINGTON IRWING. Estados Unidos, 1783-1859.

En su época fue considerado como el primer escritor norteamericano. Viajero y observador, destacó como maestro en el relato corto y en las narraciones historicas que amenizaba con curiosos detalles e interesantes anécdotas. *El libro de apuntes, Vida y viajes de Cristobal Colón, Crónica de la conquista de Granada, Mahoma y sus sucesores, Vida de Washington* y *Leyendas de la Alhambra,* que es su obra más conseguida y famosa. Este relato se ha seleccionado de "Leyendas de la Alhambra", 4.ª edición. Editorial Everest, S.A. León, 1987.

El corazón delator

Edgar Allan Poe

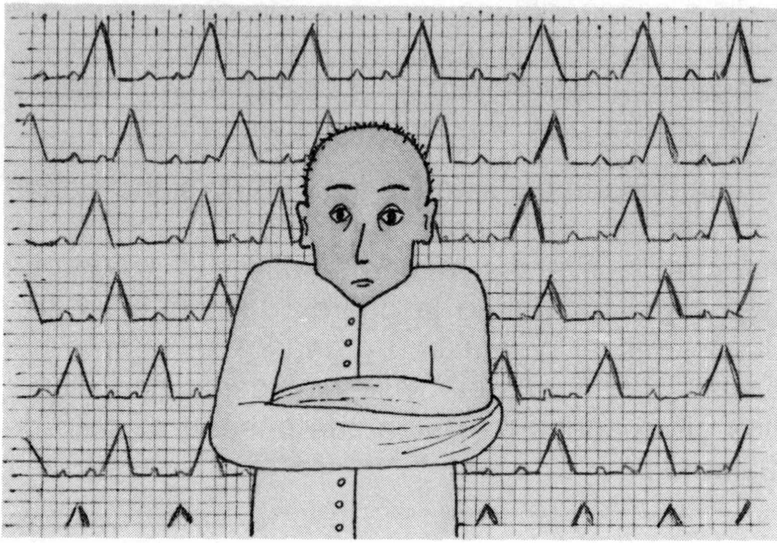

Debo confesar que soy nervioso, muy, muy nervioso, tremendamente nervioso; lo he sido siempre y lo sigo siendo. Pero ¿por qué *os empeñáis* en decir que estoy loco? La enfermedad había aguzado mis sentidos, pero no los había destruido ni embotado. Sobre todo tenía un oído agudísimo. Oía todas las cosas del cielo y de la tierra, e incluso muchas cosas del infierno. ¿Cómo, pues, puedo estar loco? ¡Escuchad! Y observad con cuánta cordura y con cuánta calma puedo contaros toda la historia.

Es imposible decir cómo entró de primeras la idea en mi cerebro, pero, una vez concebida, me persiguió día y noche. Motivo, no lo había. Pasión, no la había tampoco. Yo quería al viejo. Nunca me había hecho mal, ni me había insultado. Su oro no lo codiciaba yo. ¡Creo que era su ojo! ¡Sí, eso era! Tenía un ojo de buitre... un ojo azul pálido con una catarata en él. Siempre que se fijaba en mí se me helaba la sangre. Y así, gradual, muy gradualmente, decidí quitar la vida al viejo y de esa manera librarme del ojo aquel, para siempre.

Ahora viene el quid. Me creéis loco. Pero los locos no tienen idea de nada. En cambio, deberíais haberme visto a *mí*, deberíais haber visto cuán sabiamente procedí, con qué precaución, con qué cautela, con qué disimulo puse manos a la obra. Nunca estuve más amable con el viejo que durante la semana anterior a su muerte. Y cada noche, a eso de las doce, giraba el picaporte de su puerta y la abría, ¡ah, con qué suavidad! Y luego, cuando la había abierto lo suficiente para pasar la cabeza, metía una linterna sorda, tapada, toda tapada, para que no se escapara ni un rayo de luz, y luego introducía la cabeza. ¡Ah, os habríais reído viendo cuán hábilmente la introducía! La movía lenta, muy lentamente para no turbar el sueño del viejo. Me llevaba una hora pasar la cabeza entera por el resquicio hasta poder verle tendido en la cama. ¡Ja! ¿Acaso un loco habría actuado con tanta prudencia? Y luego, cuando tenía bien asomada la cabeza a la habitación, destapaba la linterna cuidadosamente, ¡ah, con qué cuidado! (porque las bisagras chirriaban), la destapaba justo lo necesario para que un solo y tenue rayo de luz cayera sobre el ojo de buitre. Y esto lo hice durante siete largas noches —justo a las doce todas ellas—, pero siempre encontré cerrado el ojo, y así era imposible realizar mi propósito. Porque no era el viejo el que me exasperaba, sino su *mal de ojo*. Y todas las mañanas, cuando despuntaba el día, entraba despreocupadamente en la habitación y le hablaba con naturalidad, llamándole por su nombre en tono cordial y preguntándole cómo había pasado la noche. Ya veis, pues, que tendría que haber sido un viejo muy listo para sospechar que todas las noches, a las doce en punto, yo le observaba mientras dormía.

A la octava noche puse mayor precaución que de costumbre en abrir la puerta. El minutero de un reloj se mueve más de prisa que lo que se movía entonces mi mano. Nunca hasta esa noche había *sentido* la magnitud de mi propio poder, de mi sagacidad. Apenas podía reprimir mi sensación de triunfo. Pensar que yo estaba allí, abriendo la puerta, poco a poco, y que él ni siquiera soñaba con mis secretas actividades y mis pensamientos. Reí entre dientes ante aquella idea y quizá me oyó, porque se revolvió de pronto en la cama, como si se sobresaltara. Ahora pensaréis que me retiré. Pues no. Su habitación estaba negra como boca de lobo de densas que eran las tinieblas (pues los postigos estaban echados cuidadosamente por temor a los ladrones); yo sabía, por lo tanto, que él no podría ver el resquicio de la puerta y continué empujándola poco a poco, poco a poco.

Tenía ya la cabeza dentro y estaba a punto de abrir la linterna cuando mi pulgar resbaló sobre el cierre de metal y el viejo se incorporó de un salto en la cama gritando:

—¿Quién anda ahí?

Permanecí completamente inmóvil sin decir nada. Durante una hora entera no moví un solo músculo y en ese tiempo no oí que volviera a acostarse. Continuaba sentado en la cama escuchando, exactamente como yo lo había hecho noche tras noche, los ruidos de la carcoma de la pared.

Luego percibí un débil gemido y supe que era un quejido de quien es presa de terror mortal. No era un gemido de dolor o aflicción, ¡oh, no!, era el sonido quedo y ahogado que sale del fondo de un alma abrumada de espanto. Yo lo conocía perfectamente. Muchas noches, al filo de las doce, cuando todo el mundo dormía, había brotado de mi propio pecho, intensificando con su pavoroso eco los terrores que me enloquecían. Repito que lo conocía perfectamente. Sabía lo que el viejo estaba sintiendo y me compadecía de él, aunque la risa me llegase al corazón. Sabía que él continuaba despierto a raíz del primer leve ruido, cuando se dio la vuelta en la cama y, desde entonces, sus temores habían ido en continuo aumento. Había estado diciéndose a sí mismo: «No es más que el viento en la chimenea, o tan sólo un ratón que ha corrido por el suelo». También pudo decirse: «Es simplemente un grillo que ha dejado escapar un chirrido». Sí, había estado probando a darse ánimos con estas suposiciones, pero todo era en vano. *Todo en vano*, porque la Muerte, al aproximársele, había proyectado su gran sombra negra, envolviendo en ella a la víctima. Y era la influencia fúnebre de la sombra invisible la que le hacía sentir —aunque no viera ni oyera—, sentir, sí, la presencia de mi cabeza dentro de la habitación.

Cuando hube esperado largo rato, con la mayor paciencia, sin oir que se echara de nuevo, resolví abrir una pequeña, muy pequeña, rendija en la linterna. Así lo hice —no os podéis imaginar cuán furtivamente, con cuánta suavidad— hasta que al fin un único rayo de luz, tenue como un hilo de telaraña, salió por la abertura y fue a caer de lleno sobre el ojo de buitre.

Estaba abierto, abierto por completo..., y al mirarlo me enfurecí. Lo vi con perfecta nitidez, todo él azul mate, cubierto con un repugnante velo que me helaba hasta la misma médula de los huesos. Pero no alcanzaba a ver nada más de la cara ni el cuerpo del viejo; y es que había dirigido el rayo de luz como por instinto, exactamente sobre el maldito punto.

¿No os he dicho que lo que tomáis por locura no es sino *hiperestesia*[1] de los sentidos? Pues os

* *Hiperestesia:* Sensibilidad excesiva y dolorosa.

aseguro que me llegó a los oídos un sonido quedo, sordo y bobo, como de un reloj envuelto en algodón. También conocía perfectamente *ese* sonido. Era el latir del corazón del viejo. El excitó mi furia, como el redoblar del tambor excita el valor del soldado.

Pero aún así me reprimí y continué inmóvil. Apenas respiraba. Sostenía la linterna sin moverla. Probé a ver cuán firmemente podía mantener el rayo de luz sobre el ojo. Mientras tanto el infernal palpitar del corazón aumentaba. A cada instante se aceleraba y se intensificaba su sonido. El terror del viejo *tenía que* ser tremendo. ¡El palpitar se hacía más y más sonoro a cada momento! ¿Comprendéis? Ya os he dicho que soy nervioso; sí que lo soy. Y ahora, en la quietud máxima de la noche, en medio del lúgubre silencio de la vieja casa, un ruido tan extraño como aquel me excitaba hasta un terror incontrolable. No obstante, durante algunos minutos más me reprimí y permanecí quieto. ¡Pero el latir se hacía más sonoro, más sonoro! Creí que me iba a estallar el corazón. Pues ahora se apoderaba de mí una nueva angustia... ¡El sonido aquel lo iba a oír algún vecino! ¡Le había llegado al viejo su última hora! Con un penetrante alarido abrí del todo la linterna y me precipité en la habitación. El gritó una vez, una sola vez. En un santiamén le arrojé al suelo y volqué sobre él la pesada cama. Durante unos minutos el corazón siguió latiendo con un sonido ahogado, pero ya no me irritaba. Aquello no podía oírse a través de las paredes. Al fin cesó. El viejo estaba muerto, completamente muerto. Puse la mano sobre su corazón, manteniéndola allí muchos minutos. No había pulsación. Estaba completamente muerto. Su ojo no volvería a atormentarme.

Si aún pensáis que estoy loco, cambiaréis de opinión cuando os describa las sabias precauciones que tomé para esconder el cuerpo. La noche declinaba y trabajé con prisas, pero en silencio. Lo primero que hice fue desmembrar el cadáver. Le corté la cabeza, los brazos y las piernas.

Luego saqué tres tablas de la tarima de la habitación y deposité todo entre los ristreles. Luego volvía colocar las tablas con tanta habilidad que ningún ojo humano —ni siquiera *el suyo*— hubiese podido descubrir anormalidad alguna. Nada había que lavar, ninguna mancha, ni huellas de sangre en absoluto. Había sido yo demasiado precavido para eso. Todo había ido a parar a la bañera..., ja, ja.

Cuando puse fin a estas labores eran ya las cuatro de la madrugada y la oscuridad era tan profunda como a medianoche. Cuando una campana del reloj dio la hora llamaron a la puerta de la calle. Bajé a abrir con ánimo confiado, pues ¿qué podía temer ya? Entraron tres hombres que se presentaron muy cortesmente como agentes de policía. Un vecino había oído un grito durante la noche y, sospechando que hubiera podido ocurrir algo malo, habían presentado una denuncia en la delegación de la policía y ellos (los agentes) venían a practicar un registro en la vivienda.

Sonreí, pues *¿qué* podía temer? Di la bienvenida a los caballeros. El grito, les dije, lo había lanzado yo mismo soñando. Les expliqué también que el viejo estaba ausente, de viaje por la comarca. Conduje a mis visitantes por toda la casa y les invité a que la registraran, a que la registraran *bien*. Les llevé, por fin, a la alcoba *de él*. Les mostré sus tesoros, protegidos, intactos. En el entusiasmo de mi confianza traje sillas a la habitación y les rogué que descansaran *allí* de sus fatigas, mientras yo, con la desenfrenada audacia de mi triunfo perfecto, colocaba mi propio asiento sobre el mismo lugar bajo el que se hallaba el cadáver de la víctima.

Los agentes se dieron por satisfechos. Mi actitud les había convencido. Me sentía singularmente a gusto. Se sentaron y, mientras yo les respondía con jovialidad, charlaron de cosas familiares. Pero, al poco rato, me sentí palidecer y deseé que se fueran. Me dolía la cabeza y sentía un repiqueteo en los oídos, pero ellos aún seguían allí, sentados y charlando. El repiqueteo se hacía más claro; persistía y se hacía más claro. Yo hablaba con más *verbosidad*[2] para librarme de aquella sensación, pero ésta continuaba y se volvía más precisa, hasta que al fin, descubrí que el ruido no nacía en mis oídos.

---

[2] *Verbosidad:* palabrería, verborrea.

Sin duda, entonces me puse muy pálido, pero hablaba con mayor fluidez y en tono más alto. No obstante, el sonido crecía, pero ¿qué podía hacer yo? *Era un sonido quedo, sordo, y vivo, muy semejante al que produce un reloj envuelto en algodón.* Yo jadeaba y, sin embargo, los agentes no lo oían aún. Hablaba más de prisa, más vehementemente, pero el ruido crecía sin cesar. Me levanté y hablé de tonterías en voz alta y con violentas gesticulaciones, pero el ruido crecía sin cesar. ¿Por qué no querrían marcharse? Comencé a andar de un lado para otro de la habitación a grandes y pesados trancos, como exasperado por las observaciones de los visitantes... Pero el ruido crecía sin cesar. ¡Oh, Dios! ¿Qué podía hacer? ¡Echaba espumarajos, desvariaba, maldecía! Balanceaba la silla en que estaba sentado y la hacía rechinar contra las tablas, pero el ruido se imponía a todo y aumentaba sin cesar. Se hacia más fuerte, más fuerte, *¡más fuerte!* Y los hombres continuaban charlando placenteramente y sonreían. ¿Sería posible que no oyeran nada? ¡Dios Todopoderoso! ¡No, no! ¡Oían! ¡Sospechaban! *¡Sabían!* ¡Se estaban burlando de mi horror! Así lo creí y así lo creo. Pero cualquier cosa era mejor que aquella agonía. ¡Cualquier cosa era más soportable que aquella burla! ¡No podía aguantar por más tiempo aquellas hipócritas sonrisas! ¡Comprendí que tenía que gritar o morir! ¡Y ahora..., otra vez! ¡Escuchad! ¡Más fuerte! ¡Más fuerte! *¡Más fuerte!*

—¡Miserables! —chillé—, ¡Dejad de disimular! ¡Lo confieso todo! ¡Arrancad las tablas! ¡Aquí, aquí! ¡es el latir de su odioso corazón!

EDGAR ALLAN POE. Estados Unidos. 1809-1849.

A pesar de que su actividad creadora no mantuvo, al igual que su vida, una trayectoria lineal, es una de las principales figuras de la literatura norteamericana y un maestro en los relatos de terror y misterio. Cultivó diversos aspectos de la creación literaria y en todos ellos obtuvo gran notoriedad.

Tamerlán y otros poemas, El cuervo y otros poemas, Berenice, Morella, El gato negro, El retrato Ovalado, Silencio, Los crímenes de la calle Morgue, Aventuras de Arthur Gordon Pym, La carta robada, etc. Este Relato ha sido seleccionado de *Narraciones Extraordinarias* (Salvat Editores, Colección Libro RTV, Biblioteca Básica Salvat. Núm. 3, Madrid, 1969).

HISTORIA DE LOS DOS QUE SOÑARON

Gustav Weil

Cuentan los hombres dignos de fe (pero sólo Alá es omnisciente[1] y poderoso y misericordioso y no duerme) que hubo en El Cairo un hombre poseedor de riquezas, pero tan magnánimo y liberal que todas las perdió, menos la casa de su padre, y que se vio forzado a trabajar para ganarse el pan. Trabajó tanto que el sueño lo rindió debajo de una higuera de su jardín y vio en el sueño a un desconocido que le dijo:

---

[1] *Omnisciente*: que todo lo sabe.

—Tu fortuna está en Persia, en Isfaján; vete a buscarla.

A la madrugada siguiente se despertó y emprendió el largo viaje y afrontó los peligros de los desiertos, de los idólatras, de los ríos, de las fieras y de los hombres. Llegó al fin a Isfaján, pero en el recinto de esa ciudad lo sorprendió la noche y se tendió a dormir en el patio de una mezquita. Había, junto a la mezquita, una casa y por el decreto de Dios Todopoderoso una pandilla de ladrones atravesó la mezquita y se metió en la casa, y las personas que dormían se despertaron y pidieron socorro. Los vecinos también gritaron, hasta que el capitán de los serenos de aquel distrito acudió con sus hombres y los bandoleros huyeron por la azotea. El capitán hizo registrar la mezquita y en ella dieron con el hombre de El Cairo y lo llevaron a la cárcel. El juez lo hizo comparecer y le dijo:

—¿Quién eres y cuál es tu patria?

El hombre declaró:

—Soy de la ciudad famosa de El Cairo y mi nombre es Yacub El Magrebí.

El juez le preguntó:

—¿Qué te trajo a Persia?

El hombre optó por la verdad y le dijo:

Un hombre me ordenó en un sueño que viniera a Isfaján, porque ahí estaba mi fortuna. Ya estoy en Isfaján y veo que la fortuna que me prometió ha de ser esta cárcel.

El juez echó a reír.

—Hombre desatinado —le dijo—, tres veces he soñado con una casa en la ciudad de El Cairo, en cuyo fondo hay un jardín y en el jardín, un reloj de sol y después del reloj de sol, una higuera, y bajo la higuera un tesoro. No he dado el menor crédito a esa mentira. Tú, sin embargo, has errado de ciudad en ciudad, bajo la sola fe de tu sueño. Que no vuelva a verte en Isfaján. Toma estas monedas y vete.

El hombre las tomó y regresó a la patria. Debajo de la higuera de su casa (que era la del sueño del juez) desenterró el tesoro. Así Dios le dio bendición y lo recompensó y exaltó. Dios es el Generoso, el Oculto.

GUSTAV WEIL: Alemania. 1808-1889. Orientalista.Tradujo al alemán *Los Collares de Oro* (Samachari) y *Las Mil y Una Noches* (Anónimo). Publicó una biografía de Mahoma, una Introducción al Corán y una Historia de los Pueblos Islámicos. El presente Relato se ha seleccionado de *Antología de la Literatura fantástica,* de J. L. Borges, S. Ocampo y A. Bioy Casares (EDHASA, Barcelona, 1983).

La voz del silencio
(Tradición de Toledo)

Gustavo Adolfo Bécquer

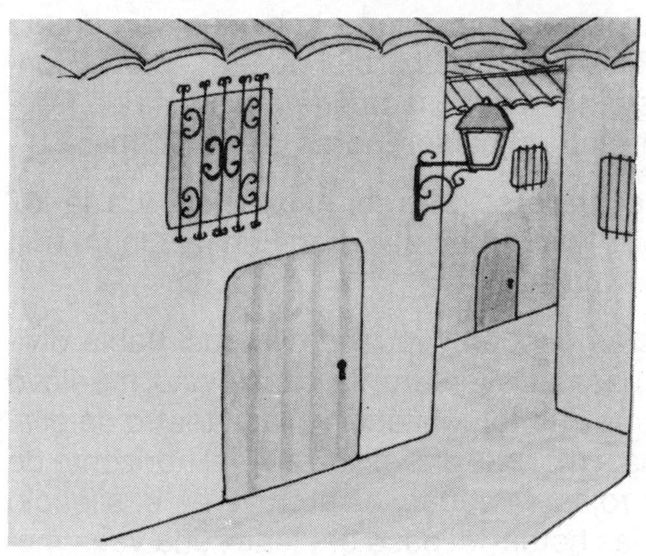

En una de las visitas que como remanso en la lucha diaria hago a la vetusta y silenciosa Toledo, sucedieron estos pequeños acontecimientos que agrandados por mi fantasía, traslado a las blancas cuartillas.

Vagaba una tarde por las estrechas calles de la imperial ciudad con mi carpeta de dibujo debajo del brazo, cuando sentí que una voz como un inmenso suspiro pronunciaba a mi lado vagas y confusas palabras: me volví apresuradamente y cuál no sería mi asombro al encontrarme completamente solo en la estrecha calleja. Y, sin embargo, indudablemente una voz, una voz extraña, mezcla de lamento, voz de mujer sin duda, había sonado a pocos pasos de donde yo estaba. Cansado de buscar inútilmente la boca que a mi espalda había lanzado su confusa queja, y habiendo ya sonado la hora del *Angelus* en el reloj de un cercano convento, me dirigí a la posada que me servía de refugio en las interminables horas de la noche.

Al quedarme solo en mi habitación, y a la luz de la débil y vacilante bujía, tracé en mi álbum una silueta de mujer.

Dos días depués, y cuando ya casi había olvidado mi pasada aventura, la casualidad me llevó nuevamente a la torcida encrucijada teatro de ella. Empezaba a morir el día; el sol teñía el horizonte de manchas rojas, moradas; caía grave en el silencio la voz de las horas. Mi paso era lento, una vaga melancolía ponía un gesto de duda en mi semblante.

Y otra vez la voz, la misma voz del pasado día, volvió a turbar el silencio y mi tranquilidad. Esta vez decidí no descansar hasta encontrar la clave del enigma, y cuando ya desconfiaba de mis investigaciones, descubrí en una vieja casa, de antiquísima arquitectura, una pequeña ventana cerrada por una reja caprichosa y artística. De aquellas ventanas salía, indudablemente, la armoniosa y silente voz de mujer.

Era completamente de noche, la voz-suspiro

había callado y decidí volver a mi posada, en cuya habitación de enjalbegadas paredes, y tendido en el duro lecho, ha creado mi fantasía una novela que, desgraciadamente..., nunca podrá ser realidad.

Al día siguiente, un viejo judío que tiene su puesto de quincalla frente a la vieja casa en que sonó la misteriosa voz, me contó que dicha casa está deshabitada desde hace mucho tiempo. Vivía en ella una bellísima mujer acompañada de su esposo, un avaro mercader de mucha más edad que ella. Un día el mercader salió de la casa cerrando la puerta con llave, y no volvió a saberse de él ni de su hermosa mujer. La leyenda cuenta que desde entonces todas las noches un fantasma blanco con formas de mujer vaga por el ruinoso caserón, y se escuchan confusas voces mezcladas de maldición y lamento.

Y la misma leyenda cree ver en el blanco fantasma a la bella mujer del mercader avaro.

Voz de mujer que como música celeste, como suspiro de un alma enamorada, viniste a mí, traída por la caricia del aire lleno de aromas de primavera. ¿Qué misterio hay en tus palabras confusas, en tus débiles quejas, en tus armoniosas y extrañas canciones?

GUSTAVO ADOLFO BÉCQUER. España. 1836-1870.

Su gusto por lo misterioso así como la posesión de una aguda sensibilidad le hacen describir con maestría que pocos autores españoles han igualado, esos mundos ocultos, misteriosos y terroríficos que se adivinan en nuestras leyendas y tradiciones. *Rimas, Leyendas* y *Cartas desde mi Celda*. Esta leyenda se ha seleccionado de *Leyendas* (Círculo de Lectores, Colección «Pequeño Tesoro», Barcelona, 1967).

3

El trasgo

Pío Baroja

El comedor de la venta de Aristondo, sitio en donde nos reuníamos después de cenar, tenía en el pueblo los honores de casino. Era una habitación grande, muy larga, separada de la cocina por un tabique, cuya puerta casi nunca se cerraba, lo que permitía llamar a cada paso para pedir café o una copa a la simpática Maintoni, la dueña de la casa, o a sus hijas, dos muchachas a cual más bonitas; una de ellas, seria, abstraída, con esa mirada dulce que da la contemplación del campo; la otra, vivaracha y de mal genio.

Las paredes del cuarto, blanqueadas de cal, tenían por todo adorno varios números de *La Lidia*, puestos con mucha simetría y sujetos a la pared con tachuelas, que dejaron de ser doradas para quedarse negras y mugrientas.

La mano del patrón, José Ona, se veía en aquello; su carácter, recto y al mismo tiempo bonachón y dulce como su apellido (Ona en vascuence significa bueno), se traslucía en el orden, en la simetría, en la bondad, si se me permite la palabra, que habían inspirado la ornamentación del cuarto.

Del techo del comedor, cruzado por largas vigas negruzcas, colgaban dos quinqués de petróleo, de esos de cocina, que aunque daban algo más humo que luz, iluminaban bastante bien la mesa del centro, como si dijéramos, la mesa redonda, y bastante mal otras mesas pequeñas, diseminadas por el cuarto.

Todas las noches tomábamos allí café; algunos preferían vino, y charlábamos un rato el médico joven, el maestro, el empleado de la fundición, Pachi el cartero, el cabo de la Guardia Civil y algunos otros de menor categoría y representación social.

Como parroquianos y además gente distinguida, nos sentábamos en la mesa del centro.

Aquella noche era víspera de feria y, por tanto, martes. Supongo que nadie ignorará que las ferias en Arrigotia se celebran los primeros miércoles de cada mes; porque, al fin y al cabo, Arrigotia es un pueblo importante, con sus sesenta y tantos vecinos, sin contar los caseríos inmediatos. Con motivo de la feria había más gente que de ordinario en la venta.

Estaban jugando su partida de tute el doctor y el maestro, cuando entró la patrona, la obesa y sonriente Maintoni, y dijo:

—Oiga su merced, señor médico, ¿cómo siguen las hijas de Aspillaga, el herrador?

—¿Cómo han de estar? Mal —contestó el médico, incomodado—, locas de remate. La menor, que es una histérica tipo, tuvo anteanoche un ataque, la vieron las otras dos hermanas reír y llorar sin motivo, y empezaron a hacer lo mismo. Un caso de contagio nervioso. Nada más.

—Y, oiga su merced, señor médico —siguió diciendo la patrona—, ¿es verdad que han llamado a la curandera de Elisabide?

—Creo que sí; y esa curandera, que es otra loca, les ha dicho que en la casa debe haber un duende, y han sacado en consecuencia que el duende es un gato negro de la vecindad, que se presenta allí de cuando en cuando. ¡Sea usted médico con semejantes imbéciles!

—Pues si estuviera usted en Galicia, vería usted lo que era bueno —saltó el empleado de la fundición—. Nosotros tuvimos una criada en Monforte que cuando se le quemaba un guiso o echaba mucha sal al puchero, decía que había sido *o trasgo*; y mientras mi mujer le regañaba por su descuido, ella decía que estaba oyendo al trasgo que se reía en un rincón.

—Pero, en fin —dijo el médico—, se conoce que los trasgos de allá no son tan fieros como los de aquí.

—¡Oh! No lo crea usted. Los hay de todas clases; así, al menos, nos decía a nosotros la criada de Monforte. Unos son buenos, y llevan a casa el trigo y el maíz que roban en los graneros, y cuidan de vuestras tierras y hasta os cepillan las botas; y otros son perversos y desentierran cadáveres de niños en los cementerios, y otros, por último, son unos guasones completos y se beben las botellas de vino de la despensa o quitan las tajadas al puchero y las sustituyen con piedras, o se entretienen en dar la gran tabarra por las noches, sin dejarle a uno dormir, haciéndole cosquillas o dándole pellizcos.

—¿Y eso es verdad? —preguntó el cartero, cándidamente.

Todos nos echamos a reír de la inocente salida del cartero.

—Algunos dicen que sí —contestó el empleado de la fundición, siguiendo la broma.

—Y se citan personas que han visto los trasgos —añadió uno.

—Sí —repuso el médico en tono doctoral—. En eso sucede como en todo. Se le pregunta a uno: «¿Usted lo vio?», y dicen: «Yo, no; pero el hijo de la tía Fulana, que estaba de pastor en tal parte, sí que lo vio», y resulta que todos aseguran una cosa que nadie ha visto.

—Quizá sea eso mucho decir, señor —murmuró una humilde voz a nuestro lado.

Nos volvimos a ver quién hablaba. Era un buhonero que había llegado por la tarde al pueblo, y que estaba comiendo en una mesa próxima a la nuestra.

—Pues qué, ¿usted ha visto algún duende de esos? —dijo el cartero, con curiosidad.

—Sí, señor.

—¿Y cómo fue eso? —preguntó el empleado, guiñando un ojo con malicia—. Cuente usted, hombre, cuente usted, y siéntese aquí si ha concluido de comer. Se le convida a café y copa, a cambio de la historia, por supuesto —y el empleado volvió a guiñar el ojo.

—Pues verán ustedes —dijo el buhonero, sentándose a nuestra mesa—. Había salido por la tarde de un pueblo y me había oscurecido en el camino.

La noche estaba fría, tranquila, serena; ni una ráfaga de viento movía el aire.

El paraje infundía respeto; yo era la primera vez

que viajaba por esa parte de la montaña de Asturias, y, la verdad, tenía miedo.

Estaba muy cansado de tanto andar con el cuévano[1] en la espalda, pero no me atrevía a detenerme. Me daba el corazón que por los sitios que recorría no estaba seguro.

De repente, sin saber de dónde ni cómo, veo a mi lado un perro escuálido, todo de un mismo color, oscuro, que se pone a seguirme.

¿De dónde podía haber salido aquel animal tan feo?, me pregunté.

Seguí adelante, ¡hala, hala!, y el perro detrás, primero gruñendo y luego aullando, aunque por lo bajo.

La verdad, los aullidos de los perros no me gustan. Me iba cargando el acompañante, y, para librarme de él, pensé sacudirle un garrotazo; pero cuando me volví con el palo en la mano para dárselo, una ráfaga de viento me llenó los ojos de tierra y me cegó por completo.

Al mismo tiempo, el perro empezó a reírse detrás de mí, y desde entonces ya no pude hacer cosa a derechas; tropecé, me caí, rodé por una cuesta, y el perro, ríe que ríe, a mi lado.

Yo empecé a rezar, y me encomendé a San Rafael, abogado de toda necesidad, y San Rafael me sacó de aquellos parajes y me llevó a un pueblo.

---

[1] *Cuévano:* canasta, cesto, banasta.

Al llegar aquí, el perro ya no me siguió, y se quedó aullando con furia delante de una casa blanca con un jardín.

Recorrí el pueblo, un pueblo de sierra con los tejados muy bajos y las tejas negruzcas, que no tenía más que una calle. Todas las casas estaban cerradas. Solo a un lado de la calle había un cobertizo con luz. Era como un portalón grande, con vigas en el techo, con las paredes blanqueadas de cal. En el interior un hombre desarrapado, con una boina, hablaba con una mujer vieja, calentándose en una hoguera. Entré allí, y les conté lo que me había sucedido.

—¿Y el perro se ha quedado aullando? —preguntó con interés el hombre.

—Sí, aullando junto a esa casa blanca que hay a la entrada de la calle.

—Era *o trasgo* —murmuró la vieja—, y ha venido a anunciarle la muerte.

—¿A quien? —pregunté yo, asustado.

—Al amo de esa casa blanca. Hace una media hora que está el médico ahí. Pronto volverá.

Seguimos hablando, y al poco rato vimos venir al médico a caballo, y por delante un criado con un farol.

—¿Y el enfermo, señor médico? —preguntó la vieja, saliendo al umbral del cobertizo.

—Ha muerto —contestó una voz secamente.

—¡Eh! —dijo la vieja—; era *o trasgo*.

Entonces cogió un palo, y marcó en el suelo, a su alrededor, una figura como la de los ochavos morunos, una estrella de cinco puntas. Su hijo la imitó, y yo hice lo mismo.

—Es para librarse de los trasgos —añadió la vieja.

Y, efectivamente, aquella noche no nos molestaron, y dormimos perfectamente...

Concluyó el buhonero de hablar, y nos levantamos todos para ir a casa.

PÍO BAROJA Y NESSI. España. 1872-1956. Claridad y sencillez, dinamismo y expresividad son los rasgos más característicos de la extensa y variada obra barojiana, en la que la referencia a lo fantástico y extraordinario debe considerarse como una anécdota de juventud. *La lucha por la vida, Las inquietudes de Santi Andía, Camino de Perfección, El árbol de la ciencia, Zalacaín el aventurero, Memorias de un hombre de acción, etc.* Este Relato se ha seleccionado de *Cuentos* (Alianza Editorial, Colección de Bolsillo, número 7, Madrid, 1973).

La larva

Rubén Darío

Como se hablase de Benvenuto Cellini y alguien sonriera de la afirmación que hace el gran artífice en su *Vida,* de haber visto una vez una salamandra, Isaac Codomano dijo:

—No sonriáis. Yo os juro que he visto, como os estoy viendo a vosotros, si no una salamandra, una larva o una ampusa[1].

Os contaré el caso en pocas palabras.

---

[1] *Salamandra, larva, ampusa:* Criaturas fabulosas de la tradición iberoamericana.

Yo nací en un país en donde, como en casi toda América, se practicaba la hechicería y los brujos se comunicaban con lo invisible. Lo misterioso autóctono[2] no desapareció con la llegada de los conquistadores. Antes bien, en la colonia aumentó, con el catolicismo, el uso de evocar las fuerzas extrañas, el demonismo, el mal de ojo. En la ciudad en que pasé mis primeros años se hablaba, lo recuerdo bien, como de cosa usual, de apariciones diabólicas, de fantasmas y de duendes. En una familia pobre, que habitaba en la vecindad de mi casa, ocurrió, por ejemplo, que el espectro de un coronel peninsular se apareció a un joven y le reveló un tesoro enterrado en el patio. El joven murió de la visita extraordinaria, pero la familia quedó rica, como lo son hoy mismo los descendientes. Aparecióse un obispo a otro obispo, para indicarle un lugar en que se encontraba un documento perdido en los archivos de la catedral. El diablo se llevó a una mujer por una ventana, en cierta casa que tengo bien presente. Mi abuela me aseguró la existencia nocturna y pavorosa de un fraile sin cabeza y de una mano peluda y enorme que se aparecía sola, como una infernal araña. Todo eso lo aprendí de oídas, de niño. Pero lo que yo vi, lo que yo palpé, fue a los quince años; lo que yo vi y palpé del mundo de las sombras y de los arcanos tenebrosos[3].

---

2 *Autóctono:* Propio del país.
3 *Arcanos tenebrosos:* misterios o secretos oscuros.

En aquella ciudad, semejante a ciertas ciudades españolas de provincia, cerraban todos los vecinos las puertas a las ocho, y a más tardar, a las nueve de la noche. Las calles quedaban solitarias y silenciosas. No se oía más ruido que el de las lechuzas anidadas en los aleros, o el ladrido de los perros en la lejanía de los alrededores.

Quien saliese en busca de un médico, de un sacerdote, o para otra urgencia nocturna, tenía que ir por las calles mal empedradas y llenas de baches, alumbrado apenas por los faroles de petróleo que daban su luz escasa colocados en sendos postes.

Algunas veces se oían ecos de músicas o de cantos. Eran las serenatas a la manera española, las arias y romanzas que decían, acompañadas con la guitarra, las ternezas románticas del novio a la novia. Esto variaba desde la guitarra sola y el novio cantor, de pocos posibles, hasta el cuarteto, septuor, y aun orquesta completa y un piano, que tal o cual señorete adinerado hacía sonar bajo las ventanas de la dama de sus deseos.

Yo tenía quince años, una ansia grande de vida y de mundo. Y una de las cosas que más ambicionaba era poder salir a la calle e ir con la gente de una de esas serenatas. Pero ¿cómo hacerlo?

La tía abuela que cuidó de mi niñez, una vez rezado el rosario, tenía cuidado de recorrer toda la casa, cerrar bien todas las puertas, llevarse las llaves y dejarme bien acostado bajo el pabellón de mi cama. Mas un día supe que por la noche habría una serenata. Más aún: uno de mis amigos, tan joven como yo, asistiría a la fiesta, cuyos encantos me pintaba con las más tentadoras palabras. Todas las horas que precedieron a la noche las pasé inquieto, no sin pensar y preparar mi plan de evasión. Así cuando se fueron las visitas de mi tía abuela —entre ellas un cura y dos licenciados— que llegaban a conversar de política o a jugar al tute o al tresillo, y una vez rezadas las oraciones y todo el mundo acostado, no pensé sino en poner en práctica mi proyecto de robar una llave a la venerable señora.

Pasadas como tres horas, ello me costó poco, pues sabía en dónde dejaba las llaves, y además, dormía como un bienaventurado. Dueño de la que buscaba, y sabiendo a qué puerta correspondía, logré salir a la calle, en momentos en que, a lo lejos, comenzaban a oírse los acordes de violines, flautas y violoncelos. Me consideré un hombre. Guiado por la melodía, llegué pronto al punto donde se daba la serenata. Mientras los músicos tocaban, los concurrentes tomaban cerveza y licores. Luego, un sastre, que hacía de tenorio, entonó primero *A la luz de la pálida luna*, y luego *Recuerdas cuando la aurora*... Entro en tantos detalles para que veáis cómo se me ha quedado fijo en la memoria cuanto ocurrió esa noche para mí extraordinaria. De las ventanas de aquella Dulcinea, se resolvió ir a las de otra. Pasamos por la plaza de la Catedral. Y entonces... He dicho que tenía quince años, era en el trópico, en mí despertaban imperiosas todas las ansias de la adolescencia... Y en la prisión de mi casa, de donde no salía sino para ir al colegio, y con aquella vigilancia, y con aquellas costumbres primitivas... Ignoraba, pues, todos los misterios. Así, ¡cuál no sería mi gozo cuando, al pasar por la plaza de la Catedral, tras la serenata, vi, sentada en una acera, arropada en su rebozo, como entregada al sueño, a una mujer! Me detuve.

¿Joven? ¿Vieja? ¿Mendiga? ¿Loca? ¡Qué me importaba! Yo iba en busca de la soñada revelación, de la aventura anhelada.

Los de la serenata se alejaban.

La claridad de los faroles de la plaza llegaba escasamente. Me acerqué. Hablé; no diré que con palabras dulces, mas con palabras ardientes y urgidas. Como no obtuviese respuesta, me incliné y toqué la espalda de aquella mujer que no quería contestarme y hacía lo posible por que no viese su rostro. Fui insinuante y altivo. Y cuando ya creía lograda la victoria, aquella figura se volvío hacia mí, descubrió su cara y ¡oh espanto de los espantos! aquella cara estaba viscosa y deshecha; un ojo colgaba sobre la mejilla huesosa y saniosa[4]; llegó a mí como un relente de putrefacción. De la boca horrible salío como una risa ronca; y luego aquella "cosa", haciendo la más macabra de las muecas, produjo un ruido que se podría indicar así:

---

[4] *Saniosa:* ulcerada y con líquido viscoso.

—¡Kgggggg!..

Con el cabello erizado, di un gran salto, lancé un gran grito. Llamé.

Cuando llegaron algunos de la serenata, la "cosa" había desaparecido.

Os doy mi palabra de honor, concluyó Isaac Codomano, que lo que os he contado es completamente cierto.

RUBÉN DARÍO. Nicaragua. 1867-1916.

Aunque debe su popularidad a su producción poética, las influencias de autores anglosajones que cultivaron la novela "gótica" o negra así como el gusto por lo fantástico le llevaron a escribir pequeños relatos en los que conviven, formando un todo ingenuamente misterioso, leyendas indígenas, creencias católicas y todo el repertorio característico de la narrativa fantástica. *Azul, Cantos de Vida y Esperanza, Prosas Profanas* (poesía). Este Relato se ha seleccionado de *Cuentos fantásticos* (Alianza Editorial, Libro de Bolsillo núm. 646, Madrid, 1979).

El árbol del orgullo

G. K. Chesterton

Si bajan a la Costa de Berbería, donde se estrecha la última cuña de los bosques entre el desierto y el gran mar sin mareas, oirán una extraña leyenda sobre un santo de los siglos oscuros. Ahí, en el límite crepuscular del continente oscuro, perduran los siglos oscuros. Sólo una vez he visitado esa costa; y aunque está enfrente de la tranquila ciudad italiana donde he vivido muchos años, la insensatez y la transmigración de la leyenda[1] casi

[1] *Transmigración de la leyenda:* El traslado de la leyenda de uno a otro lugar.

no me asombraron, ante la selva en que retumbaban los leones y el oscuro desierto rojo. Dicen que el ermitaño Securis, viviendo entre árboles, llegó a quererlos como a amigos; pues, aunque eran grandes gigantes de muchos brazos, eran los seres más inocentes y mansos; no devoraban como devoran los leones; abrían los brazos a las aves. Rogó que los soltaran de tiempo en tiempo para que anduvieran con las otras criaturas. Los árboles caminaron con las plegarias de Securis, como antes con el canto de Orfeo. Los hombres del desierto se espantaban viendo a lo lejos el paseo del monje y de su arboleda, como un maestro y sus alumnos. Los árboles tenían esa libertad bajo una estricta disciplina; debían regresar cuando sonara la campana del ermitaño y no imitar de los animales sino el movimiento, no la voracidad ni la destrucción. Pero uno de los árboles oyó una voz que no era la del monje; en la verde penumbra calurosa de una tarde algo se había posado y le hablaba, algo que tenía la forma de un pájaro y que otra vez, en otra soledad, tuvo la forma de una serpiente. La voz acabó por apagar el susurro de las hojas, y el árbol sintió un vasto deseo de apresar a los pájaros inocentes y de hacerlos pedazos. Al fin, el tentador lo cubrió con los pájaros del orgullo, con la pompa estelar de los pavos reales. El espíritu de la bestia venció al espíritu del árbol, y éste desgarró y consumió a los pájaros azules, y regresó después a la tranquila tribu de los árboles. Pero dicen que cuando vino la primavera todos los árboles dieron hojas, salvo éste que dio plumas que eran estrelladas y azules. Y por esa monstruosa asimilación, el pecado se reveló.

G. K. CHESTERTON. Inglaterra. 1874-1936.

Es uno de los más importantes renovadores de la literatura inglesa. Su producción literaria cultivó géneros tan diferentes como la novela (la serie del *Padre Brown, El hombre que sabía demasiado, El hombre que fue jueves)*, la biografía (Charles Dickens, R. L. Stevenson, Autobiografía, etc.), el ensayo, la historia y el cuento o relato corto. Este Relato se ha seleccionado de *Antología de la Literatura fantástica*, de J. L. Borges, S. Ocampo y A. Bioy Casares (EDHASA, Barcelona, 1983).

Los espejos velados

J. L. Borges

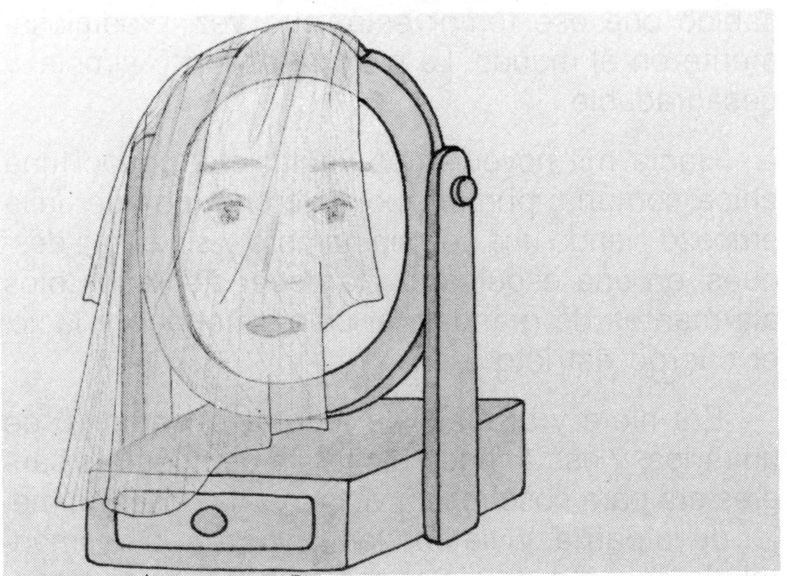

El Islam asevera que el día inapelable del Juicio, todo perpetrador de la imagen de una cosa viviente resucitará con sus obras, y le será ordenado que las anime, y fracasará, y será entregado con ella al fuego del castigo. Yo conocí de chico ese horror de una duplicación o multiplicación espectral[1] de la realidad, pero ante los grandes espejos. Su infalible y continuo funcionamiento, su persecución de mis actos, su pantomima cósmica, eran sobrenaturales entonces, desde que anochecía. Uno de mis

[1] *Espectral:* Ilusoria, fantasmal.

insistidos ruegos a Dios y al ángel de mi guarda era el de no soñar con espejos. Yo sé que los vigilaba con inquietud. Temí, unas veces, que empezaran a divergir de la realidad; otras, ver desfigurado en ellos mi rostro por adversidades extrañas. He sabido que ese temor está, otra vez, prodigiosamente en el mundo. La historia es harto simple, y desagradable.

Hacia mil novecientos veintisiete, conocí una chica sombría; primero por teléfono (porque Julia empezó siendo una voz sin nombre y sin cara); después, en una esquina al atardecer. Tenía los ojos alarmantes de grandes, el pelo renegrido y lacio, el cuerpo estricto.

Era nieta y bisnieta de federales, como yo de unitarios, y esa antigua discordia de nuestras sangres era para nosotros un vínculo, una posesión mejor de la patria. Vivía con los suyos en un desmantelado caserón de cielo raso altísimo, en el resentimiento y la insipidez de la decencia pobre. De tarde —algunas contadas veces de noche— salíamos a caminar por su barrio, que era el de Balvanera. Orillábamos el paredón del ferrocarril; por Sarmiento llegamos una vez hasta los desmontes del Parque Centenario. Entre nosotros no hubo amor ni ficción de amor: yo adivinaba en ella una intensidad que era del todo extraña a la erótica, y la temía. Es común referir a las mujeres, para intimar con ellas, rasgos verdaderos o apócrifos[2] del pa-

---

[2] *Apócrifos:* falsos.

sado pueril; yo debí contarle una vez lo de los espejos y dicté así, el 1928, una alucinación que iba a florecer el 1931. Ahora, acabo de saber que se ha enloquecido y que en su dormitorio los espejos están velados pues en ellos ve mi reflejo, usurpando el suyo, y tiembla y calla y dice que yo la persigo mágicamente.

Aciaga servidumbre la de mi cara, la de una de mis caras antiguas. Ese odioso destino de mis facciones tiene que hacerme odioso también, pero ya no me importa.

JORGE LUIS BORGES. Argentina. 1889-1986.

Poeta, narrador y ensayista considerado como el mayor escritor de lengua castellana en este siglo. Entre sus múltiples trabajos *El Aleph* (cuentos)—, *Historia Universal de la infamia* (cuentos y prosas breves), *El libro de arena, El hacedor...*

El tío

Leonardo Acosta

Obviamente, mi tío no estaba en la casa. De todos modos, para cerciorarme, salí de mi habitación varias veces, lo más silenciosamente posible, y registré todos los rincones de la sala. No cabía duda, él no estaba. Pero eso no bastaba, pues recuerdo que lo mismo pasó ayer y antes de ayer, miles de veces, y luego se aparecía y me decía: «¿Por qué fuiste a comprar cigarros a la esquina, si yo tenía? No me digas que no los viste, porque me registraste la gaveta[1]... ¿Qué le encuentras al cuadro ese de

[1] *Gaveta:* cajón corredizo de los escritorios.

los jugadores de cartas, que te pasaste toda la tarde mirándolo? No es tan bueno... Te has pasado la tarde tosiendo, ¡toma este jarabe! ... ¿Qué estuviste escribiendo tanto rato? Aunque me digas que me parezco a tu abuela te recomiendo que no leas en ese lugar con tan mala luz».

Yo me preguntaba cómo sabía todo eso, porque una cosa es que viera las huellas de mis acciones —un objeto cambiado de lugar, un rastro cualquiera aquí o allá— y otra que me viera inclinado horas enteras sobre mi mesa de trabajo y supiera, por ejemplo, que dejé de escribir a las cuatro y a esa hora me preparé un café con leche, o que había permanecido una hora entera, sin cambiar de posición, mirando por la ventana, generalmente para observar todos los movimientos en el quiosco de Pepe, donde iban y venían las gentes del barrio, y se quedaban únicamente los tres o cuatro borrachos habituales, alargando sus tragos con las conversaciones que me sabía de memoria, mientras Pepe, detrás del mostrador, los contemplaba —y acaso hasta escuchaba— en una especie de trance o de estado beatífico. A veces dejaba mi rincon junto a la ventana o mi mesa de trabajo para ir hasta el quiosco, cuando ya no molestaba el sol y empezaba a oscurecer, aunque siempre con la idea de que tampoco me cogiera la noche, para no encontrarme al tío sentado en el butacón de la sala mirándome con gesto burlón cuando yo abría la puerta, para luego repetirme punto por punto mis movimientos de esa tarde. Prefería que apareciera simplemente desde cualquier lado del interior de la casa, sin coartada alguna, sin la posibilidad de que hubiera entrado mientras yo estaba en el quiosco, a unos treinta metros de la reja de nuestro jardín. Es cierto que en este caso tendría que haber entrado por la ventana de la cocina —acceso bastante difícil por cierto—, pues desde mi puesto de observación en el quiosco vigilaba la entrada del jardín y era imposible que mi tío pasara por allí sin que yo lo viera. En cuanto al acceso de la cocina, se trataba de una ventana a una altura normal, pero nuestra casa tenía una peculiaridad: que estaba como elevada sobre un pequeño montículo, de tal forma, que para entrar a la sala había que subir unos siete escalones desde el jardín, de unos cuatro metros de profundidad desde la acera hasta el primer escalón. Mi cuarto estaba justamente al lado de la sala y desde él se veía el quiosco, pero no tenía entrada directa del exterior. El cuarto de mi tío, en cambio, estaba junto a la cocina, en la parte posterior de la casa. Tanto su cuarto como la cocina quedaban a igual altura que el frente de la casa, pero con la característica de que resultaba casi imposible llegar hasta sus ventanas desde afuera, pues en esta parte de la casa no había escalón alguno, y no ya escalón, ni siquiera un árbol, un arbusto, un quicio o un latón de basura lo suficientemente grande y fuerte como para apoyarse en él e infiltrarse por la ventana de la cocina, en todo caso, ya que la del cuarto de mi tío estaba protegida por barrotes, al igual que las demás de la casa. La de la cocina tenía también barrotes, pero había sufrido un intento de robo, hace años, en el cual los ladrones trataron de penetrar por ella y dejaron los barrotes lo suficientemente separados como para permitir el paso de un hombre no muy grueso, y preferentemente de un niño como de mi edad (es decir, en la época del robo). Mi tío nunca me había explicado bien la historia del robo, o del intento de robo, porque lo que sí recuerdo es que me presentó el asunto como un «intento»; pero ahora pienso que alguna vez debo preguntarle qué sucedió realmente, aunque nunca, no sé por qué, me he atrevido a preguntarle esto a mi tío.

Mi tío es ciertamente un tipo raro, si uno se pone a ver. En realidad sólo llevamos siete u ocho años conviviendo en esta casa, él y yo, ya que antes él se pasaba casi todo el tiempo en el interior, cuando yo era niño y vivía sólo la abuela, hasta que la abuela murió, al día siguiente del regreso del tío de uno de esos viajes. Entonces me llevó con él por muchos pueblos, hasta que cayó preso, no recuerdo en cuál de ellos, y cuando salió regresamos definitivamente, aunque el tío no pudo evitar algunas escapadas de vez en cuando, ahora muy breves, de dos o tres días a lo sumo.

Cuando vivía mi abuela, que es la primera persona de la familia que conocí, antes incluso que al tío, éste viajaba siempre, y no sé por qué lo recuerdo como una especie de viajante de comercio con una maleta bajo el brazo, un farol en una mano y en la cabeza una especie de casco de minero o una gorra de esas que usaban en las imprentas o en las redacciones de periódicos antiguas, que eran en realidad una visera solamente, y que se veían en muchas viejas películas americanas.

Ahora me doy cuenta de que la imagen es un poco absurda, pero es que la vestimenta del tío, como todo lo suyo, era poco usual, y sin duda, nada menos usual que sus actividades y sus múltiples viajes.

Casi siempre la abuela preparaba las condiciones para la llegada del tío con dos o tres días de anticipación, y el día anterior, exactamente, me decía con un aire solemne y a la vez con una expresión de felicidad indescriptible: «Está al llegar.» Sólo una vez falló la abuela, porque el tío llegó un rato más tarde, a medianoche y bajo una tormenta con grandes rayos, como culebras fosforescentes. El tío llegó completamente seco, sin embargo, se quitó el sombrero y el saco[2] y fue directamente a la cocina, donde la abuela tenía usualmente preparada la sopa. Esta vez hubo una gran discusión porque la sopa no estaba lista. Fue la única vez que algo falló.

En esa época había conversaciones entre el tío, la abuela y los otros, que luego extrañé cuando murió la abuela y el tío cambió mucho, quizá por temor a caer preso como en aquella ocasión. Entonces se dedicó a los juegos, pasatiempos más bien, como acertijos y suertes con las cartas. Estoy seguro de que esa manía suya de esconderse y luego aparecer y decirme todo lo que yo había hecho esa tarde no era sino otro de sus juegos. Al principio no era frecuente, pero se hizo prácticamente un vicio después

[2] *Saco:* Abrigo, gaván, sobretodo.

de una de sus escapadas de dos o tres días, después de la cual llegó primero disfrazado (otro de sus juegos favoritos), vestido enteramente de negro con un sombrero de copa en la mano, y luego se marchó y estuvo así yendo y regresando con mil disfraces diferentes, hasta que finalmente vino con diez o doce amigos y llenaron la casa, bebiendo hasta la madrugada. Yo no entendía muy bien lo que sucedía y me dormí, y al día siguiente estaba solo. Desde ese momento me sentía particularmente impulsado a leer los libros del tío, algunos de los cuales había ojeado casualmente. Me gustan sobre todo los que tratan de Egipto y de la India. Luego vendría mi tío a indicarme que no leyera tal libro antes de conocer tal otro, que aprendería más rápido y mejor si leía ordenadamente. Ahí comenzó también mi costumbre de escribir, e incluso escribía mis conversaciones con el tío, que recordaba palabra por palabra.

Ahora lo estoy buscando por toda la casa y no aparece. He registrado no sólo detrás de su butacón preferido, sino hasta en los closets[3], en la bañadera, en la cocina, detrás de las puertas y de las cortinas, en los armarios y hasta en las gavetas y cofrecillos.

Es un día lluvioso, como me gustan a mí: ni el sol ni la noche me impedirán llegar hasta el quiosco y volver a casa a tiempo para la sopa. Además, *hace dos horas que la puerta de la cocina fue cerrada herméticamente*. Preparo una pequeña trampa al tío, no por maldad, sino para comprobar si puede burlarse

[3] *Closets:* retretes, excusados.

de mí a estas alturas. Hasta lo provoqué para que saliera de su escondite, si es que estaba escondido en la casa, regando por el piso toda la picadura que le quedaba para su pipa y cambiando de lugar todos los objetos que le gustan, incluso los escasos retratos de familia que encontré en un armario viejo, objetos que estaban en un sitio fijo de donde estaba prohibido cambiarlos.

Me deslicé hasta el quiosco bajo la lluvia, y esperé. Antes, este quiosco me recordaba los viejos andenes de los pueblos que recorrí con mi tío, que pasan como en un remolino de sombreros, que siempre nos parecen lejanos y en movimiento cuando pensamos en ellos, pero si nos llegamos a apear del tren, entonces somos un punto en el espacio, solo e indefenso, y la gente y el mundo se mueve alrededor y nunca se queda, siempre se escapan, como mi tío, con su sombrero y su gran cartera bajo el brazo llena de papeles con números, grabados y combinaciones de palabras que yo había escuchado durante años, cuando las recitaban él, la abuela y los demás.

No esperé mucho. En efecto, el viejo Ñico se me acercó y comenzó con su charla acostumbrada. Que si él y mi tío, que cuántos años hacía que no lo veía, que era un gran hombre y todos lloraron y se quedaron desconsolados cuando se fue, que cuando se cayó del puente y lo encontraron luego flotando en el río todos se sintieron más solos, y ni uno dejó de contribuir para el entierro y estuvieron toda una noche velándolo en esa misma casa, tú eras aún muy joven, pero bastante crecido, y te acordarás seguramente y cómo después los hermanos y las hermanas decían que nada era igual desde que habíamos enterrado al tío...

En fin, la historia de siempre; yo casi no escuchaba ya lo que estaba diciendo, porque tenía la vista fija en la ventana entreabierta de mi cuarto y ahí se paró primero durante un rato, para ver los movimientos de la gente en el quiosco, y después no pude contener la risa cuando lo vi que empezaba a mover las cosas de un lado para otro y restaurarlas a sus posiciones originales, y si bien al principio se enfadó y tiró dos o tres puertas, luego se resignó e inclinándose para recoger la picadura regada por el piso, no pensaba ya más que en llenar la pipa, y yo que ni oía ya la cháchara del viejo Ñico y no podía dejar de reírme de satisfacción por dentro pensando en llegar y, una vez tomada la sopa tan deliciosa que hacía abuela, sentarme en el butacón a fumar la pipa y leer el último libro persa que había encontrado en el tercer estante.

LEONARDO ACOSTA. Cuba, 1934.

Este Relato ha sido seleccionado de *Paisajes de hombre* (Ediciones Unión, 1967).

joven pero bastante amigable, y me acordé [illegible] seguidamente y como después los hermanos y las hermanas decían que nada era igual desde que habíamos enterrado al tío.

En fin, la historia de siempre, yo casi no escuchaba ya lo que estaba diciendo porque tenía la vista fija en la ventana entreabierta de mi cuarto y atenta [illegible] durante un rato para ver los movimientos de la gente en [illegible] y después no pude contener la risa cuando lo vi que empezaba a [illegible] y restregándose las [illegible] [illegible] [illegible] [illegible] [illegible] y [illegible] que [illegible] y padre [illegible] la [illegible] el viejo [illegible] y le ponía cara de [illegible] de satisfacción [illegible] pensando en [illegible] y una vez [illegible] que hacía [illegible] sentarme [illegible] de tomar la [illegible] y [illegible] el [illegible] encontrado en el [illegible] [illegible].

---

[1] Enmascarado.

[2] Fernando Pessoa, *Oda* [illegible], 1914.

Este [illegible] de Ricardo Reis, [illegible] heterónimo [illegible]

Indice

Unmasking Freemasonry

Removing the Hoodwink

Selwyn Stevens, Ph.D

PUBLISHED BY

www.jubilee-resources.com

The only exception is the prayer commencing on page 48, which readers and counsellors are most welcome to copy and use, provided they state where it was sourced. Additions to this prayer will be added to our Internet site, from which the full prayer may be freely downloaded. Additional copies of this book are available from many bookstores, libraries, or from:

Jubilee Resources, P.O. Box 36-044, Wellington 6330, New Zealand,

Jubilee Resources, PO Box 361, Nundah, Qld 4012, Australia,

Jubilee Resources, 24307 Magic Mountain Pkwy, #261, Valencia CA 91355-1292, USA

Jubilee Resources, 65 Cedar Pointe Drive, Ste 177, Barrie, ON, L4N 9R3, Canada

or our Internet Web site secure bookshop at www.jubilee-resources.com

New Zealand Edition printed November 1994

International Edition printed January 1996 - revised and expanded.

Reprinted August 1996, & December 1997

Reprinted August 1999 - revised & expanded

Reprinted February 2004 - revised & expanded

ISBN 1-877203-48-3

This book is dedicated to the Saints of God who toil to bring the light of the Gospel of Jesus Christ to people ensnared in the spiritual darkness and deception of secret societies and cults.

The author wishes to acknowledge and thank many people too numerous to mention here who have given advice and encouragement to put this message into print. Your prayer and support have been most valuable, and God's reward awaits you.

<u>Your guarantee of accurate Information:</u> various sources and authorities have been quoted in good faith throughout this book. Every attempt has been made to ensure these quotations are accurate and in context.

CONTENTS

INTRODUCTION

There are many myths about Freemasonry. *(The terms Mason and Freemason are interchangeable.)* Most are promoted by Freemasons themselves; others by those with an antagonistic agenda, and still others by those who have often sensationalised what they haven't fully understood. Sadly, some Christians are guilty of this too.

There are three main reasons why it has been necessary to write this book.

* The first is to inform people about the true nature of Freemasonry from a Bible-based Christian perspective. My challenge to any person reading this book is this; **If something is true then it can stand being questioned, but if it is not true then it needs to be questioned.** I will present evidence which shows that Freemasonry's beliefs and practices <u>need</u> to be questioned.

* The second is to bring to the attention of the wives and families of Freemasons details about the curses which have been placed on them, and to provide reliable and proven guidelines to break those curses.

* The third is to show Freemasons what they are really involved in, especially when their own leaders withhold the whole truth. Freemasons must examine the real meaning of their rituals, instead of just boasting about their good deeds. We live in times when people are clamouring for information to allow "Informed Consent." Because it affects our eternal destiny, I believe the spiritual realm must be treated the same way. Sadly, most people are initiated into Freemasonry without enough knowledge of what they are joining. Time will prove that ignorance isn't bliss!

Some Freemasons get very angry when presented with a book such as this, which they perceive (wrongly) to be attacking them and their lodge. Because of this I suggested to readers of the first edition that care should be taken before going to an active Freemason with this book. My real concern is that they may harden their hearts against the truth of the Gospel of Jesus Christ. Despite the above comments, several folk advised me they gave a copy of the book to a family member who was a Lodge member, and many of these men have resigned, and came to an assurance of Eternal Life in Jesus Christ.

Let me say emphatically I do not hate or despise Freemasons. My purpose is not to attack or condemn anyone involved in Freemasonry, but to present information which would cause them to think again, especially if they claim to be a Christian. I have also spoken and corresponded with the families and the men who have held high office in the "Craft." Their advice and encouragement to put this message into print has been unanimous.

WHO ARE THE FREEMASONS?

Few subjects seem to provoke more debate in churches and families than Freemasonry. Few issues divide churches as often as this "Society with secrets" which claims it is not a secret society. I have on file a newspaper article about the Masonic Lodge which described them as "Rotarians with Ritual." These are the people who run retirement homes for the elderly, and who provide study grants for their young people, particularly those orphaned. They fund many community projects for which they delight in seeking publicity, despite often pretending otherwise. Good works are important to them. However most religious and community organisations do good works, so these are not the exclusive domain of Freemasons.

HISTORIC ROOTS

There are many claims about the historic roots of Freemasonry. Some of these are false, and many are embellished to distort the truth. Some Masonic authorities claim a link from the builders of King Solomon's temple, or even to Adam, but there is no credible evidence for either. When we cut through all the myths we find that early Masons were builders and stonecutters for the great temples and cathedrals of Europe during the Middle Ages. Mostly self-employed they moved from site to site contracting to do the skilled stonework and other construction work. Those free to move about were usually single and were described as the "free" masons.

Much of their construction work was done in workshops and by the 13th century these were called "lodges." Over time these lodges were used increasingly for relaxation and social purposes. Still later they evolved into assemblies of building masons (known as "Operative Masons) who made decisions on employment rights and skill training of their apprentices. As they moved around Europe and beyond, they developed special passwords and handshakes as evidence of their membership of a particular lodge. This was due, in part, because many couldn't read, so papers of introduction or membership were largely useless. Gradually they evolved into a trade guild.

By the 17th century there wasn't the same amount of work around and specialist architects were doing more of it. To maintain the organisational structures they invited non-tradesmen (known as "Speculative Masons") to join, often including the local mayor, sheriff and aristocracy. Gradually, over several decades, these lodges were taken over by these men of influence and learning, many of whom were involved in the religious and political intrigues and subversive movements of the time. This resulted in a significant change of character. During this process, mainly during the late seventeenth century, there was a strong questioning of authority by many people, particularly of the church, due to the corruption of many churchmen at that time. Although many groups sprang up most were driven underground, including the Deists. (Deism is the forerunner of today's Unitarians. They believe that God created the universe and then abandoned it to mankind to make to best of what we could. **"For in Deism, man needs no God, and, in fact, through reason and sacred initiated knowledge, or illumination, Deists believe that man can become as God,"** writes William T. Still.[1] This view differs little from ancient Buddhism or modern New Age occultism.) Most of the modern secrecy of Freemasonry originated from these underground beliefs and the need to avoid suppression by the government and church authorities.

Among those who joined Freemasonry were men such as Francis Bacon, Sir Christopher Wren, Robert Fludd, and many others who belonged to esoteric/occultic secret societies such as the Rosicrucians and the Illuminati. It was primarily through such men that much of modern Speculative Freemasonry's ritual was put in place. There is strong evidence of the influence of groups and beliefs such as the Knights Templar (an early order of chivalry which became corrupted by their wealth and power, and which was suppressed by order of the Pope), Swedenborgism (a form of spiritism), Gnosticism (a heretical belief confronted by the early Christian Church), the Kabbala (an occultic book), Hermeticism, Neoplatonism and then later by the Rosicrucians, the Illuminati and the Theosophical Society. These last three were secret esoteric societies with pretensions of world domination by a political and religious elite. Some falsely allege that Freemasonry came from only one stream of thinking or organisation. Serious historical research reveals that in fact Freemasonry is an amalgam of many such false religions and philosophies.

THE BIRTH OF MODERN FREEMASONRY

Modern Freemasonry was born on June 24, 1717 at the 'Goose and Gridiron Tavern,' when four London lodges formed under Grand Master named Antony Sayer. Individual lodges with rituals did exist much earlier than this. The oldest surviving written lodge Constitution dates from 1480. Others, particularly from Scotland and England, appear to date around 1150 AD. During the 18th century, the Masonic rituals underwent considerable revision to expressly exclude references to Jesus Christ and the God of the Bible. J. S. M. Ward 33^0, one of Freemasonry's major historians, wrote concerning this period, **"A considerable amount of excision was necessitated by the alteration of the**

clause in the Constitution which changed Masonry from a Christian to a non-Christian basis... Anything Christian was eliminated."[2]

This process of removing the Christian content was commenced by Dr. James Anderson and sponsored by Rev. Dr. John Theophilus Desaguliers, the third Grand Master, who held office between 1723 and 1738. This work was completed by the freethinking Deist Grand Master, the Duke of Sussex, around 1813. This included removing all reference to Jesus Christ and introducing the mythical story of the long-lost name of God. The bloody oaths to maintain secrecy were also added to the initiation rites at this time. There has been little significant change since then. The evidence of their own historians shows that Freemasonry abandoned any pretence of a Christian foundation almost 200 years ago. The higher degrees, such as the Ancient & Accepted/Scottish and York Rites, developed alongside but were not always recognised by the various Grand Lodges. These have since been recognised.

Freemasonry was introduced into France in 1721, Spain in 1728, the United States in 1730, the Netherlands in 1731, Germany in 1733, Canada in 1841, and then throughout much of Europe, South America and beyond. Growth was mushroom-like. One interesting example was that six different national Grand Lodges had established daughter lodges in China by 1788.

There is evidence that Frederick the Great of Prussia, disturbed by the military alliance between France and Austria, joined Freemasonry and had himself installed as the Prussian Grand Master. He then used lodge members to undermine the Monarchy and the Catholic Church in France. This plotting worked very well, ultimately resulting in the French Revolution. One indication of this connection is the use of the Prussian double-headed eagle on the insignia of the Supreme Council of the 33°. (See certificate on page 34)

There is some evidence that Portuguese Freemasons used the same methods to undermine and overthrow their monarchy and bring about the revolutions between 1910 and 1921 which also established a republic. There are even claims, with some evidence, which point to the role played by Freemasons in bringing about the first Russian Revolution in 1917, and the later Spanish revolution. Russian Bolsheviks banned Freemasonry after the second revolution. One Masonic Encyclopaedia I consulted[3] mentioned how Freemasons joined together to help overthrow Emperor Maximillian of Mexico, and it went on to explain that almost all Mexican leaders since then have been Freemasons. Similar statements were made of much of Central and South American countries.

LODGE STRUCTURE

Perhaps you are wondering what all these degrees are about. The charts on the following pages will help. The first three degrees (or steps) of Freemasonry everywhere in the world are known as The Blue Lodge. There are only minor wording and action differences between Blue Lodges in most parts of the world. Those in lower degrees usually have no idea what goes on in the degrees above theirs, and many don't even know they exist.

Above the Blue Lodge there are four main streams or branches. First and oldest is the British Commonwealth stream. Admission to higher degrees is by invitation only, and this accounts for about one-third of all Master Masons. Usually the first step above 3° is the Holy Royal Arch. A few follow up the 'York Rite' structure, but most who are deemed worthy of further elevation tend to go next to the 'Ancient & Accepted' or 'Scottish Rite,' to the Knight Rose Croix or 18°, after which they will next be invited to the 30° followed by 31° and 32°. A select few are admitted into the honorary 33°. Many of the other degrees and orders are only symbolic or honorary and are not operated.

Two other streams exist in the United States of America only. It is now possible for American Master Masons to go to one of the various temples around the country, such as in Washington or Indianapolis, and with the right payment and a good memory they can advance all the way from 3° to 32° in a couple of weekends. This advancement then enables them to enter the Shriners or any of the higher side orders. Due to an obvious racist slant by many Lodge members, (because of a cross-involvement with the Ku Klux Klan) Negroes/African Americans have established their own Lodge structure, called Prince Hall Freemasonry. It is a duplicate of the white Lodges in virtually every aspect, although it lacks official recognition by them.

The fourth stream is called Grand Orient, and is the most occultic stream of Freemasonry. These are mostly to be found in France, Italy, some other southern European countries plus most of Central and South America, almost exclusively known as Catholic countries.

Over time considerable differences grew between British Grand Lodge and those of the Continent, primarily the Grand Orient Lodge of France (which appears to have had strong Jacobite connections). Fundamentally, Grand Orient Lodges are Atheistic, while Grand Lodges from England and America (and those affiliated with them) are Pantheistic in spiritual or religious beliefs. There remains both competition and an antagonistic distance between the Grand Orient and the other Grand Lodges. Grand Orient removed the

Blue Lodge Masonic Structure

Local

→ 1^0 - Entered Apprentice → 2^0 - Fellow Craft → 3^0 - Master Mason

(under a "Worshipful Master" & other officers, including Past Masters, Director of Ceremonies, Chaplain, Senior & Junior Wardens, Senior & Junior Deacons, Stewards, Director of Music, Secretary, Treasurer, Inner Guard, & a Tyler, (who stands guard with a sword outside the lodge door when it meets)

Provincial/District

Senior officer is Provincial Grand Master, (then) Deputy or Assistant P. Grand Master, (then) other officers responsible for lectures, finance, secretary, charity (Almoner) etc.

(The P.G.M. functions much like a bishop in an Anglican/Episcopal structure; the other positions are his assistants. Also countries such as Australia do not operate the provincial structure, since each State/Province has its own Grand Lodge.)

Research Lodge, (some local lodges also have these.)

National or State

Senior officer is Grand Master, (then) Deputy or Assistant Grand Master, (then) Senior & Junior Grand Wardens, (then) other officers responsible for lectures, finance, secretary, charity (Almoner) etc.

(There may be hundreds, even thousands, of Blue Lodges under a Grand Lodge. e.g. New Zealand has 350, England over 9,000, Australia 2000, etc. There is a separate, self-governing Grand Lodge in every state in Australia and the USA, and every province in Canada. Worldwide there are over 30,000 Blue Lodges, & 100 Grand Lodges or Grand Orients)

Grand Research Lodge

NB All this structure is for the Blue Lodge only.

necessity of members having a belief in a Supreme Being, and later admitted women as members of some lodges, including the leaders of the Theosophical Society; Helena P. Blavatsky, Alice Bailey and Annie Besant, who all reached 33°. The Grand Orient developed into an association of freethinkers and atheists with significant occultic tendencies. Following this, a number of national Grand Lodges affiliated with the French Grand Orient, including the Dutch, Turkish, Portuguese, Spanish, Greek, Italian, and those in Belgium, Brazil, Peru, Haiti, Guatemala and Central and South America.

All Masonic Lodges are required to recognise all the others and affiliate with the English Supreme Council. There are so many side degrees, orders and affiliated lodges that most of their own members do not understand all the links. Some Masonic authorities record almost one thousand different degrees, as many national Grand Lodges or Grand Orients have their own unique degree systems beyond the usual Blue Lodge and A & A/Scottish and York Rites. Many titles are taken from long-ceased chivalry orders, while others appear to be pompous and self-glorifying.

Lodge membership seems to be decreasing in most countries. For example, New Zealand's Grand Lodge has lost half its membership of 30 years ago, and over one-third have resigned in seven years. Members are ageing and younger men are either uninterested or know why to stay out. In common with many organisations today, some Freemasons are seeking to adapt the Lodge so it will appear more relevant and (they hope) more popular, while traditionalists are resisting any change. In addition, many Freemasons are being taught the truth about their lodge by Christians, resulting in significant numbers renouncing the ritual and religion of their lodge in favour of a relationship with God through Jesus Christ.

WORLD STRUCTURE

The most important Supreme Councils are:

"Supreme Council of the 33° of the Ancient and Accepted Rite of Heredom for **England and Wales** and its Chapters overseas." (This includes the higher degrees, up to the 33°, operated in most British Commonwealth countries, including New Zealand, Australia, Canada, India, Malaysia, South Africa.)

"Mother Supreme Council of the World of the 33rd and last degree of the Ancient and Accepted Rite of Freemasons - **Southern Jurisdiction**," (based in Washington, D.C., and responsible for a significant part of the rest of the world's higher degrees and orders. This appears to be the most senior of the Supreme Councils, certainly in terms of numbers and influence).

British Commonwealth Masonic Structure

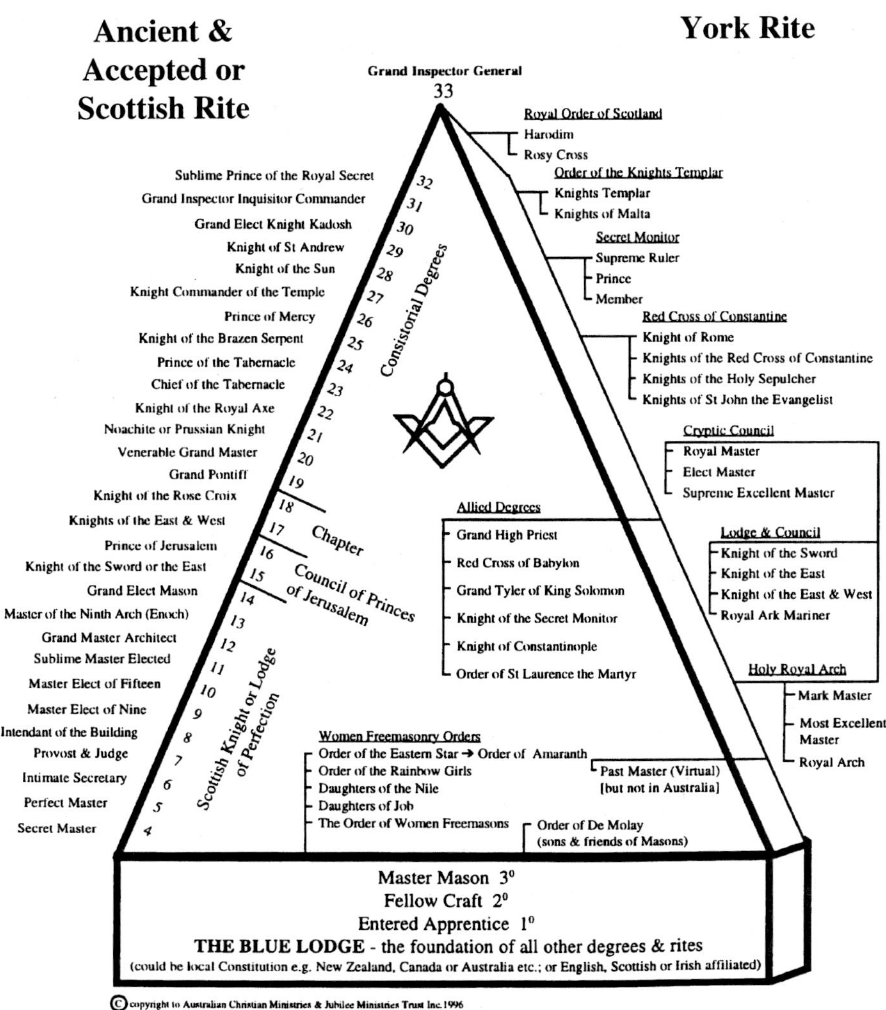

(This is the structure in use in Australia and New Zealand, and is very similar to that used in other countries. Because each is self-governing in most of these degrees and orders, there are some differences but these are usually minor, including titles.)

American Masonic Structure

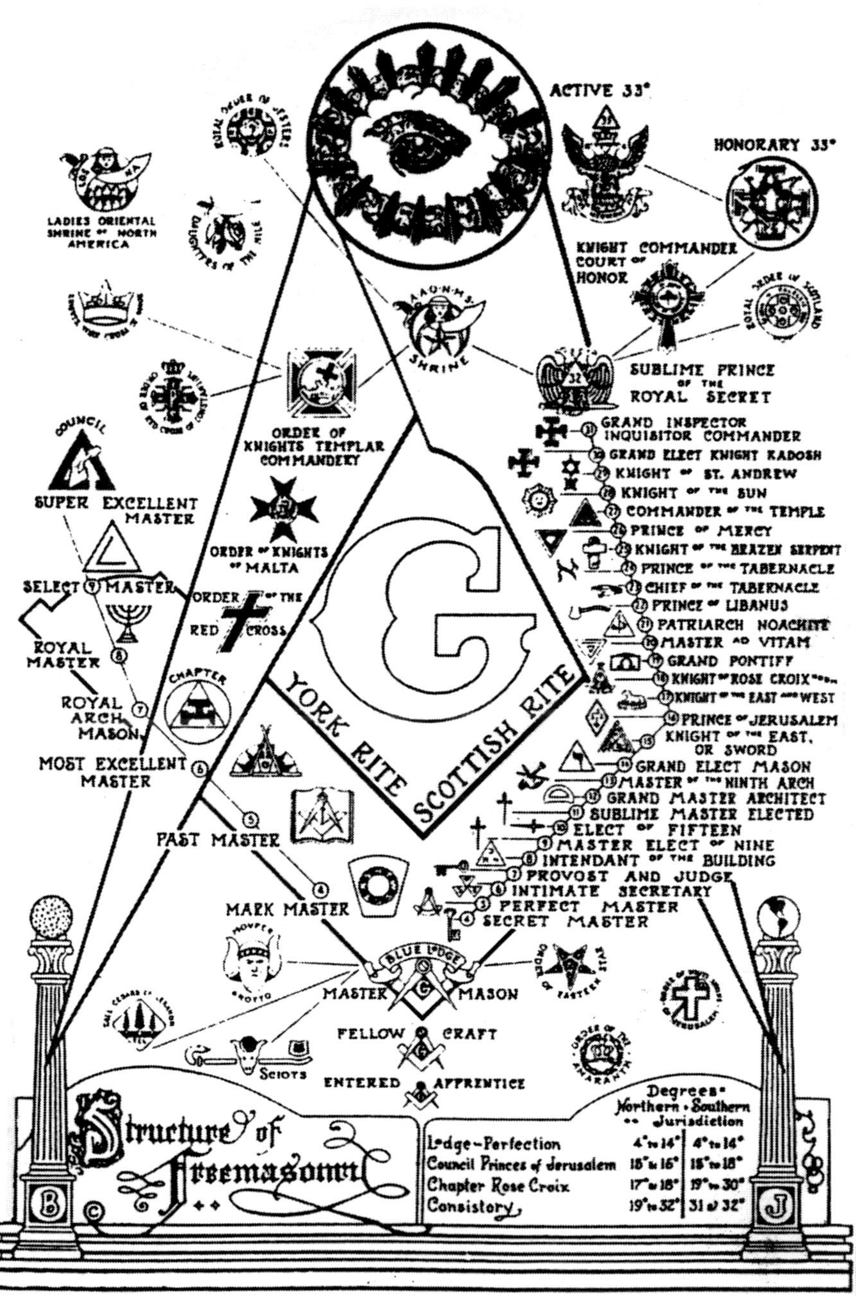

"Supreme Council of the World of the 33rd and last degree of the Ancient and Accepted Rite of Freemasons - **Northern Jurisdiction,**" (based in Boston, USA, responsible for fifteen states, each with it's own Grand Lodge).

"**Scottish** Supreme Council for the Ancient and Accepted Rite of Freemasonry," controls all 33 degrees, similar to the English Supreme Council but including Blue Lodges in various parts of the world, due to movement of Scottish Regiments of the British Army during the 18th and 19th centuries. It has a higher proportion of Roman Catholic members. It also controls the Knights Templar and Knights of Malta degrees, and the Royal Order of Scotland degree. It is based in Edinburgh.

"Supreme Grand Lodge of Free and Accepted Masons of **Ireland**" includes a Supreme Council, and is strongly Protestant. Based in Dublin but strongest in Ulster; similar to the English Supreme Council, although it also controls a number of Blue Lodges in many parts of the British Commonwealth. This arose through the movement of Irish Regiments of the British Army during the 18th and 19th centuries. The Irish Council doesn't work many of the side degrees such as Secret Monitor, Cryptic Council, etc.

There are several dozen Supreme Councils throughout the world. These should not be confused with the various Grand Lodges which govern the lower degrees. All Supreme Councils are constituted under the jurisdiction of the Supreme Council of England and Wales; they must abide by the World Constitution which is administered from there; and others are not permitted to have any degree above their Ancient and Accepted Rite's 33°.

THE SHRINERS

The Shriners are an order unique to North America, with membership limited to those who have reached the 32° Scottish Rite or Knights Templar in the York Rite. On first reading of their initiations one might be forgiven for thinking it is a rude hoax or a tasteless joke. However there is evidence that the 600,000 American men who belong to this order actually do participate in mock hangings, mock beheadings, mock drinking of the blood of the victims, and having a mock dog urinate on the blindfolded initiate, among other disgusting activities. This degree has been described by Christian author, Walton Hannah, as "retarded adolescence," and I tend to agree. During their ritual, Allah (the god of Islam) is called "the god of their fathers", so Jews, Christians and adherents of other religions couldn't possibly be members, or their declaration invokes a change of religion.

Affiliated Masonic Organisations

Name of Order	*Begun*	*Who may join*	*Purposes*
The Ancient Arabic Order of the Nobles of the Mystic Shrine	1872	American men only, those in 32^0 or Knights Templar.	Claimed fund-raising for charity, especially children hospitals, burn units. Also much socialising.
Prince Hall Freemasonry	1784	American Black/ Negro men - most are barred from joining white lodges.	Same as American White Freemasonry but not recognised by it.
Order of the Eastern Star	1850	Wives of Masons worldwide.	Rituals similar to men's lodge, only 5^0 plus philanthropic works
Order of the White Shrine of Jerusalem	1884	Similar to Eastern Star, but USA only.	Charity fund-raising
Order of Amaranth	1873	Masons & all female relatives of all ages. Mainly USA, but branches elsewhere.	Rituals, to 3^0 Royal Court-type ceremonies Moral & religious instruction.
Order of De Molay	1919	White males, 14-21 years, worldwide.	Recruiting ground for men's lodge, also accent on patriotism/morality.
Daughters of the Eastern Star	1925	White females 14-21 yrs. father must be Mason or mother in Eastern Star. USA only.	Rituals to 3^0
International Order of Job's Daughters	1920	White girls, 11-20 yrs. must have relative in Masonic Lodge or Eastern Star. Worldwide.	Secret Rituals, also moral and spiritual guidance. Community fund-raising loans for higher learning
International Order of Rainbow Girls	1922	White females 11-20 yrs. candidates must be recommended by Mason or Eastern Star.	Ritual & symbolism plus 7 stages of initiation.

Most of the above groups have ten to one hundred thousand members each. Prince Hall has over a quarter of a million, and Shriners have 600,000 members. There are also many college fraternities with masonic links, and a number of other minor affiliated orders.

OTHER LODGES AND SECRET SOCIETIES

The **Independent Order of Oddfellows** was established by Freemasons.[4] Like its parent, members of this society are forbidden to pray in the name of Jesus, and their Sovereign Grand Lodge of the World has decreed that Christianity is only a sect like all other religions. Their rules prohibit the mention of Christianity inside the lodge, claiming this would offend members who are Jews, Moslems and other religions. Like its parent body, members are required only to have a belief in a "supreme being". The I.O.O.F world membership is around 1.2 million, and began around 1780, also in London. Oddfellows established Manchester Unity as a Friendly Society for health care and other social purposes for their members. They also have a Women's auxiliary called the International Association of Rebekah Assemblies.

The **Loyal Order of Orange** professes faith in the One True God and in Jesus Christ. The Order was established in 1688 by Dr. Gilbert Burnett, to support the cause of William, Prince of Orange, who later became King William 3rd. William's army defeated King James 2nd of England at the Battle of the Boyne in Ireland two years later.

The Orange Order was formalised in 1794 for "Mutual defence and maintenance of the (Protestant) Constitution" of England. This was believed necessary due to the growth and strength of Roman Catholic and Republican societies, mainly in Ireland during this period. The main force behind the formalising of The Orange Order were Wilson, Winter and Sloan, all known Freemasons, and two were publicans - not an occupation Christians are known for.

The Orange Order later founded the Black Institution in 1797. One must progress through the Orange Order (which has only two degrees) prior to advancement to the Black Lodge, which has twelve degrees. The Royal Arch Purple Order took its ritual from the Orange Order, being established in 1912, in Belfast, Northern Ireland. There is only a de facto link between these two groups.

The Orange Order members parade through the streets of Northern Ireland on July 12th - the date commemorating William's victory at Boyne.

During the initiation the Initiate or candidate is pushed off a high platform, only to be caught in a tarpaulin held by several brethren. Then an oath of secrecy is administered and taken. All this is humorously referred to as "The Ride on the Goat." (Originally to ride the goat referred to the pagan god Pan, who revealed himself as a half man/half goat playing a flute. Pan is one of the representations for

Lucifer or Satan in ancient folklore.) Like Freemasonry, this binding oath is made without prior knowledge of the obligations. In part, the initiate promises to uphold the needs of all fellow members, and that he won't commit adultery or fornication with the *"wife, mother, daughter, sister or near relative"* of a fellow member. This seems very selective for an organisation which claims to be "Christian". Why not include all women? The oath goes on to promise *"... to aid and assist any brethren... murder and treason excepted..."* This means manslaughter, rape, incest, robbery and much more would be covered up to protect a brother member from prosecution. Interestingly, these words are also found in the 3^0 oath of Freemasonry's Blue Lodge.

The Orange Order ritual, the use of Passwords, special hand grips and other tokens of recognition prove the Masonic connection, with at least twelve major acts copied from Freemasonry. The Officer in charge of each Orange Lodge is called "Worshipful Master," just like the Freemasons, Martial Arts, Reiki and several other occultic groups. This is a title both blasphemous and in direct disobedience to the command of Jesus in Matthew 23:1-12.

The Orange Order accepts into membership Unitarians and others who reject the Bible doctrine of the triunity of the Godhead, thus there is an unequal yoking, disobeying 2 Corinthians 6:14-16.

Virtually all other lodges and fraternal orders have been traced to the same pagan roots as Freemasonry, but most have evolved into social gatherings with little emphasis on spiritual or moral matters. Initiation rites are often similar to Freemasonry and frequently word for word - showing a more than passing connection. It is falsely claimed these oaths and rituals are taken seriously by those involved. God sees it differently, of course. One member of the Buffalo Lodge stated there were no secrets except the password to the bar for drinking, although he admitted he had no knowledge of the higher Grand Lodge. The Buffalos have about 1,000,000 members worldwide, and about 100,000 in Australasia. Other similar groups include the Druids, Foresters, The Grange, Woodmen of the World, Riders of the Red Robe, Knights of Pythias, Mystic Order of Veiled Prophets of the Enchanted Realm, Elks, Moose, Eagles and the Ku Klux Klan. There are about half a million Klan members, and several sources suggest that while most Klansmen are Freemasons, not all Freemasons belong to the Klan. Virtually all of these groups are used as recruiting grounds for Freemasonry. Other secret and esoteric societies such as Rosicrucians, Theosophy, Anthroposophy and the Illuminati have a greater emphasis on religious and spiritual mysteries and power over others.

The **Knights of Columbus** are under the authority of the Roman Catholic Church for the basic purpose to promote the Catholic faith. Founded in 1882 in Connecticut, USA, this order is ostensibly a lay organisation offering insurance benefits. They operate a closed fraternal order which closely mirrors Blue Lodge Masonry (except for the death-curse oaths, which only occur in their fourth degree) with secret initiation rites, recognition signs, passwords and grips and a commitment to support and protect one another. In some parts of America, Knights of Columbus and Freemasons hold joint social meetings, and some Catholic men belong to both groups.

Their first three degrees do not have bloody death oaths like the Freemasons, but there is a focus on promising to keep secrets, loyalty to their church and order, etc. To betray the order is regarded as betraying their church.

None of the above would warrant the KoC's inclusion here had their fourth degree oath not been sent to me, including showing details of its record in the US Library of Congress. It begins by stating unwavering commitment first to the Virgin Mary, the Saints, the Superior General of the Society of Jesus (Jesuits) then fourthly the Pope. The initiate then denounces and disowns any allegiance to any *"Heretical king, prince or state namely Protestant or liberals, or obedience to any of their laws, magistrates, or officers."* There is also a rejection of all government not controlled by their church. This is a recipe for anarchy. But the oath goes further, stating that the Knight *"will spare neither age, sex or condition; and that I will hang, burn, waste, flay, strangle, and bury alive these infamous heretics; rip up their stomachs and wombs of their women, and crush their infants against the walls in order to annihilate their execrative race."* This intended action is against all Protestant Christians as well as Freemasons and anyone else in governing authority not under control of their church. Any other group making such statements would be dealt with by authorities for such offensive and intolerant statements.

Knights then sign this testimony with their own blood (a practice common in witchcraft circles, and higher Masonic orders) and to invite *"the militia of the Pope (to) cut off my hands and feet, and my throat from ear to ear, my belly opened and sulphur burned therein... and my soul shall be tortured in eternal hell forever,"* should any KoC ever prove *"false or weakened in determination."* The above is every bit as offensive as the occultic death oaths of Freemasonry, and should be similarly exposed. Knights of Columbus have about 1.6 million members worldwide.

THE MORMON CONNECTION

THE CHURCH OF
JESUS CHRIST
OF LATTER-DAY SAINTS

It is no coincidence that Masonic oaths, penalties etc. (often word for word) are found in Mormon Temple ceremonies, and particularly in their Aaronic and Melchizedek Priesthood rites. I have heard Mormons claim that Freemasons must have stolen their ceremonies. Actually the opposite is true. Joseph Smith Jnr. and his brother Hyrum were both Freemasons for some time. There are various views of what happened, but most agree on the main points. Far from keeping the secrets of Freemasonry, Joseph taught them to his followers in early May 1844 and claimed they were "divine revelation."[5] By the end of June both Joseph and Hyrum had been killed in a Western-style gun battle while attempting to escape from Carthage gaol. The Smith brothers were in gaol for burning down a newspaper office which had printed some damaging evidence about the Smith's polygamy and other socially unacceptable behaviour. Waite's Masonic Encyclopaedia records that during 1844 the Grand Lodge of Illinois expelled Brigham Young and over 1500 other Mormons. It raises the interesting question of whether or not the Masonic penalties were enforced to prevent further disclosure. The Masonic Square and Compass are on Mormon Temple veils, on each breast of the sacred undergarments - even the handgrips are the same. This can't be coincidence.

LET'S NAME SOME NAMES!

Freemasons certainly have the powerful and influential among their membership. Among the better known are Mozart, Voltaire, Casanova, Garibaldi, Simon Bolivar, Anton Mesmer, Johann Goethe, Adam Weishaupt, the first two Napoleons, Samuel Hahnemann, Robert Burns, Henry S. Olcott, Helena P. Blavatsky, Alice Baily, Annie Besant, Charles Taze Russell, Joseph Smith Jnr., Henry Ford, Charles Lindbergh, Douglas MacArthur, John Wayne, J. Edgar Hoover, Norman Vincent Peale, Yassar Arafat, Shimon Peres, Yitzhak Rabin, George Washington, Benjamin Franklin, Richard Nixon, Jimmy Carter, Gerald Ford, Ronald Reagan, George Bush, (in fact 17 American Presidents have been Masons). It has been claimed that Prince Charles is the first male member of the British Royal family in over 200 years who hasn't joined the Freemasons.

In countries like New Zealand and Australia it has seemed that only Freemasons are considered for positions such as Governor or Governor General. Former N.Z. Prime Minister and Governor General, Sir Keith Holyoake, filled 16 of 18 cabinet places with Freemasons, including Sir John Marshall and Sir Robert Muldoon. Sir Keith was also a Grand Master of the Lodge and was in part responsible for New Zealand's Government building known as "The Beehive" - a well-known Masonic symbol. Australian Prime Ministers Sir Robert Menzies, Sir William McMahon, Harold Holt, Bob Hawke & John Howard are or were Freemasons. The political, military and business scene is similar in most countries, including Britain, Canada, the USA, Mexico, European, Central & South American, in fact virtually every other nation on earth which doesn't have a Communist-controlled government.

This very incomplete list shows something of the power and influence of Freemasons in our world. The question arises whether many of these men would have reached those prominent positions had they not been Freemasons? The Masonic obligation to give preference to a brother in the lodge must have some effect. Human nature being what it is, some have been 'social-climbing,' ambitious or just greedy for power. The British print media reported during 1998 that one of the Ten Most Wanted criminals in England was installed as Worshipful Master of a London lodge, while at least eight of the lodge members were policemen who took no action to bring their new Master to justice. Other examples of similar preference and corruption were also given.

CAN A CHRISTIAN BE A FREEMASON?

This is one of many questions asked. Many Lodge members claim "Yes, they can". But is this true in fact? I believe this is the wrong question. The most relevant question is, **"Should a Christian be a Freemason?"** After much research I have to state the answer is an emphatic **"No!"** Let us now investigate the evidence, to see why True Freemasonry and True Christianity are mutually exclusive.

OATHS THAT BIND

So, what of these oaths? Jesus Christ was very specific in Matthew chapter 5 verses 33-37 that Christians are not to swear oaths. James 5: 12 confirms this command. Defining a Christian as a believer in, or disciple of, Jesus Christ, and that the Bible is God's inerrant word, on these foundations we must state that no true Christian could take the oaths attributed to (and never denied) by Masonic leaders. The penalty for breaking the secrets at the first initiation, known as the 'Entered Apprentice' degree. **"Binding myself under no less a penalty than that of having my throat cut across, my tongue torn out by its roots, and buried in the rough sands of the sea at low water mark, where the tide ebbs and flows twice in 24 hours, should I ever knowingly or willingly violate this my solemn oath and obligation as an Entered Apprentice Mason. So help me God, and keep me steadfast in the due performance of the same."**

It is known that many British Commonwealth Grand Lodges, and some others over the past decade, have amended these oaths in the Blue Lodge by sanitising the terms about mutilation. Some lodges have substituted or added to the offending phrases with words like: **"... or the no less effective punishment of being branded as a wilfully perjured individual, void of all moral worth, and totally unfit to be received into this worshipful Lodge..."** Accompanying this oath is a special sign. The right hand, with the palm down and the fingers together, begins with the thumb under the left ear. This is drawn quickly across the throat to the right ear, followed by the hand dropped to the side. This action shows the penalty of having the throat cut and the tongue ripped out. *(One other place where this sign and wording may be found is during the Mormon Temple Endowment Ritual for the First Token of their Aaronic Priesthood.)*

The penalty sworn for Fellow Craft or 2° is to have the left breast torn open, the heart plucked out, and given to the wild beasts of the field and the fowls of the air. The sign is to have the right hand cupped over the left breast, drawing it quickly across the body, then dropping the hand to the side. This action is to rip out the heart. *(This is used in the Second Token of the Mormon Aaronic Priesthood, including the oath.)*

The penalty sworn for the Master Mason or 3° is to have his body cut in two, his bowels removed and burned to ashes which are then to be scattered to the four winds of heaven. The sign is to draw the thumb quickly across the waist to the right hip, then drop the hand to the side. This action shows the stomach being ripped open. *(This is used in the First Token of the Mormon Melchizedek Priesthood.)*

The sworn penalty of the Holy Royal Arch Chapter is to suffer loss of life by having his skull smitten off and his brains exposed to the scorching rays of the noontide sun. The Knights Templar swears to have his head struck off and placed on the highest church spire. Every Masonic degree and Order has a similar graphic death and mutilation penalty.

I wonder what the wives of the men who have taken these oaths think about them? Lodge members are forbidden to tell their spouses, family members or spiritual advisors what they have sworn. Regardless of how sincere and earnest these men may be, this oath requires a person to enter an illegal and criminal bond which endorses murder by others if not himself. How can anyone expect God to help him commit such a crime? If he doesn't intend to keep this oath then he is lying and calls on man and God to witness this.

Exodus 20:7 states, **"You shall not take the name of the Lord your God in vain, for the Lord will not hold him guiltless who takes His name in vain."**

There can be no doubt that these are potentially suicide and/or murder pacts! When we reflect that the secrets are trivial, why is it necessary for Freemasons to make such drastic oaths? Many Freemasons claim these oaths are merely ceremonial and meaningless in the modern world. Fair comment, but if this is true, why perpetuate them? If the information being kept secret is so wonderful and enlightening, then why isn't it available for everyone to share? Everything in a truly Christian Church is open to all! **Jesus said, " I spoke openly to the world... I said nothing in secret..."** (John 18:20).

BLIND CONTRACTS

When we consider that initiates are only given one line at a time and are not permitted to know in advance what they are going to swear, then these become blind contracts which most courts of law would find to be unfair and not binding. Under false pretences the initiate is required to swear to conceal crimes by other lodge members if the need should arise. I was interested to read that the State of Connecticut passed a law making Masonic oaths illegal, on the basis that they were subversive to public morals, blasphemous, that they were murderous and criminal in intent and if carried out would make those involved conspiracy to murder.

God's Word requires a Christian to renounce a bad or sinful oath such as this. **Leviticus 5:4-5 shows us that if a person is required to swear something which was hidden prior to the oath-taking, God says we should plead guilty to Him, confess it as sin and totally renounce and repudiate it, preferably publicly. When you have done this God says you are no longer bound by it.** God wants us to know that repentance releases us from such a vow or oath. This is one of the major keys for removing the consequences of the curses invoked by Masonic oaths.

INITIATED INTO DARKNESS

Freemasonry initiations are humiliating affairs. All metal objects are removed, including any wedding ring. (I wonder if they tell their wives this?) The shirt is unbuttoned to expose the left breast (the reason this is done is to ensure the candidate is a male, for no female is permitted to participate in the rituals in most lodges). The right sleeve is rolled up to above the elbow, the left trouser leg is rolled up above the knee; and the right shoe is removed and replaced with a slipper. A rope noose, called a "cable-tow" is placed around the neck and the initiate is blindfolded. This blindfold is called a "hoodwink." He is

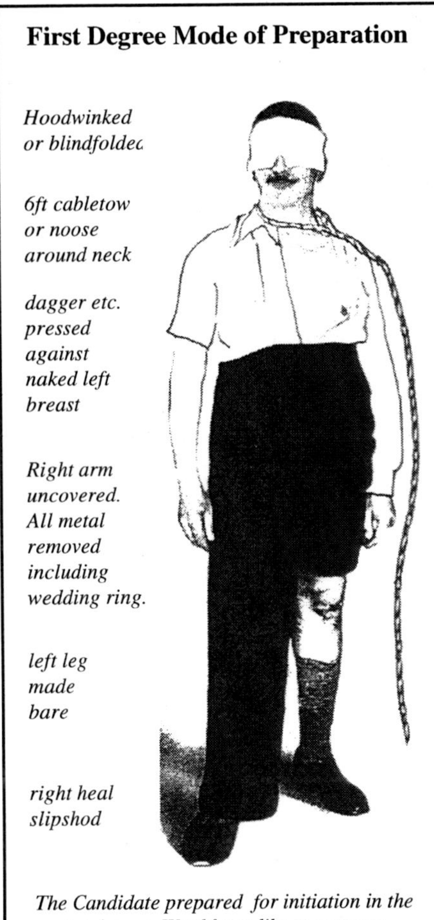

The Candidate prepared for initiation in the 1st degree. Would you like to see your husband or father or son like this?

introduced by an officer called the Tyler, as "a poor candidate in a state of darkness." *(If this man is a Christian believer, then how can he be described as being in a state of darkness? Jesus Christ is the **"Light of the World,"** so a true Christian cannot be in darkness.)* There is a spear, sword, compass point or small ritual dagger (called a poinyard) which pricks the left breast and is aimed at the heart, empowering an evil blood-covenant. What fear and bondage enters a person at such times? *(Please see the Prayer of Renunciation on page 48 for the list.)* Initiations into Wicca (white witchcraft) are amazingly similar, according to testimonies on the video mentioned on page 62, and confirmed to the writer personally by a man who was once a Wiccan High Priest and a 32^0 Freemason at the same time, without conflict.

It needs to be said that at no point in the first three degrees is the name of Jesus permitted to be mentioned, even in the prayers. The excuse given is that nothing must be done which would offend any lodge member who is Moslem, Hindu, Jewish or of any other religion. The Liturgy of the Scottish Rite of Freemasonry, states **"All the Degrees of Scottish Masonry can be received by good men of every race and religious faith; and any degree that cannot be so received is not Masonry, which is universal, but some other thing, that is exclusive, and therefore intolerant."**[6]

SECRECY AND DECEIT

Freemasons will not speak with a member who has resigned and spoken publicly about their rituals. They believe this person has broken a sacred oath not to share the secrets of the Lodge, and is therefore an untrustworthy person. As most of their ceremonies are now available from public sources, such as libraries, there really are few secrets. One of the criticisms about Freemasonry is that members aren't even allowed to tell their wives or others what goes on in the lodge. They swear oaths never to reveal the secrets of the Lodge to anyone who isn't a member, if you recall. Many wives of Freemasons speak of this wall of secrecy between them and their husbands, which is hardly a Godly intention in marriage. What most people don't realise is that most Freemasons have secrets kept from them as well. Let me quote from Manly P. Hall, 33°, who quoted this from the Liturgy of the Ancient & Accepted or Scottish Rite. He wrote, **"The Blue degrees are but the outer court or portico of the temple. Part of the symbols are displayed there for the Initiate but <u>he is intentionally misled by false interpretations.</u> It is not intended he should understand them, but <u>it is intended that he shall imagine he understands</u> them."**[7] This is saying that deliberate deceit is used on those in the lower degrees by those above them.

While considering this issue, I was able to listen to a radio talk-back with a Grand Master of the Lodge. As the man in charge of his nation's Blue Lodge, a member of 31° A & A Rite and also of Royal Arch, *(explained on pages 8 -13)* he should have had a reasonable understanding of Masonic things. On several occasions during the talk-back this man denied knowledge of proven ritual and objects in the lodge, or rejected the claims as untrue. He denied that a coffin or similar object was used during the 3° initiation. He didn't seem to know two of Masonry's greatest scholars, Dr. Albert Mackey or Albert Pike. There were several other examples, but by the end of the radio programme I was left with an obvious conclusion. Either this Grand Master hadn't attended many Initiations and Installations, had forgotten what occurred, wasn't able to read from any Masonic books; or he was knowledgeable and was deliberately misleading listeners while trying to avoid controversial questions. I thought about this and considered the invidious position this man had put himself in. When we recall the penalties for revealing any "secrets" about the lodge, no wonder this man wanted to avoid invoking those curses upon himself, so I guess it must have been easier to deny things and/or mislead people. What a "No-win" situation. The various degrees claim to teach morality, integrity, honesty etc., yet Freemasons in the lower degrees are deliberately misled by those above them. Anyone who doubts this should check out the charts on pages 11 and 12, and see how many degrees and orders Freemasons in lower degrees are not told about, unless they are deemed 'worthy' to be invited to join them. Why say there are only three degrees, when there are many higher degrees on public record?

Freemasonry doesn't offer anything which really helps the souls of those who dwell in spiritual darkness. **"Not one of the thirty three degrees of Freemasonry contains any spiritual truth worth all the secrecy and curses. The secrecy and curses only serve to hide, deceive and confuse those who would examine Masonry more closely. Masonry takes selected bits of Christianity, but sets them on top of a very anti-Christian foundation."**[30]

THE SPIRITUAL PROBLEM WITH FREEMASONRY

Freemasonry contends that the holy book of every religion should be **"on the level"** with every other holy book. They can then pretend that all the different deities are equal. Freemasons also claim all deities are only different manifestations of the same God. This explains why they accept members from every religion. This diagram may assist understanding of this problem.

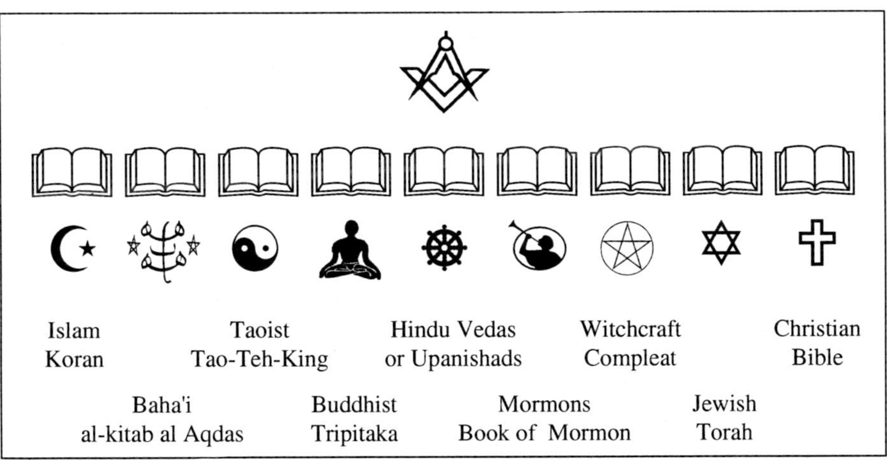

Since these books contradict each other, the same deity couldn't have inspired them all, otherwise he could be accused of not knowing his own mind. There's another problem.

* **Buddhism, Taoism, Theosophy and New Age Spiritism teach that everything that exists is God, including oneself;**

* **Hindus & Mormons each have 3 main gods with millions of minor gods, and we each have the potential to become a god too;**

* **Moslems, Baha'i and Unitarians each have a distant, singular god;**
* **Jews & Jehovah's Witnesses both believe God is singular if not so distant;**
* **The God of the Christians is infinite, personal, loving, triune, and He wants a relationship with everyone.**

Any one of the above may be true, but that automatically cancels out the claims of the others because they are contradictory. It is even possible they all may be wrong. Syncretism of these views of deity is impossible - they simply cannot all be right. All but the last of the above views fails to square with the Bible view of deity, and so Christians must reject all the others as false. All through the Bible God warns, (and if that fails He pronounces judgement on) all who worship or follow any other god. The prophet Isaiah records God saying, **"Before Me there was no God formed, nor shall there be after Me... Besides Me there is no God!"** (Isaiah 43:10 & 44:6). If God states there are no other Gods, since He is in a unique place to know we should take His word for it. Also check these Scriptures out for yourself; *Exodus 20:3-5; Numbers 25:1-4; Deuteronomy 12:1-11, 13; Joshua 23:6-7; Isaiah 8:20; Jeremiah 43: 11-13, 44:8; 2 Peter 1:1-2; 2 John 7-10.*

The bottom line is that Freemasonry is misleading people into thinking that all gods are equal when the evidence clearly shows otherwise. This raises a most serious point on which Masonic leaders avoid discussion. **Jesus said "I am the Way, the Truth and the Life; no man comes to the Father but through Me,"** (John 14:6). He is emphatic that there is no way to God which excludes Him, i.e. Jesus Christ. That is exclusive. On Freemasonry's definition that is intolerant - the Moslem, the Hindu, the Jew and all the others cannot and will not accept Jesus as the only way to God. They deny His deity. They deny His sacrifice on Calvary for the sins of the world.

Can you see why there is a serious problem Freemasonry? The Liturgy I quoted from on page 22 went on to state that there was nothing to offend the Moslem, the Hindu or the Jew. If that is the case, then it must offend Christians because the others deny the way of true salvation through Jesus Christ alone.

THE RELIGION OF FREEMASONRY

The Grand Secretary of the Grand Lodge of New Zealand wrote that **"Freemasonry is not a religion although its teachings have a religious character."** He is copying a quote used widely in Masonic literature. This really is double-talk. If you look like a sheep, "baa" like a sheep, live with

N.Z. Master Mason's Certificate

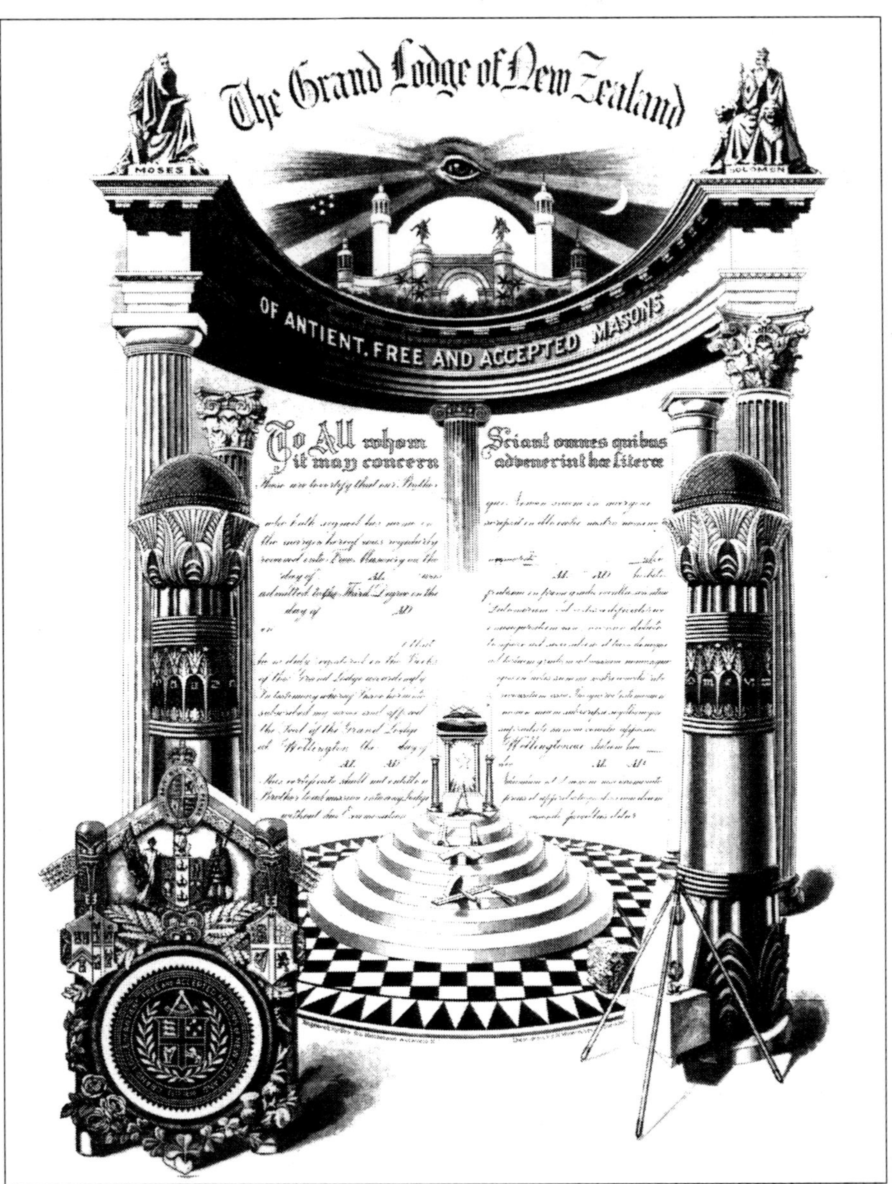

Why are there so many pagan, occultic and witchcraft symbols used in the membership certificate of the Grand Lodge of New Zealand? (Other certificates are similar.) These include "The Eye of Horus,"(Egyptian pagan deity); the moon and stars known widely as "Diana and Lucifer;" the Astrological signs on the two front pillars (forbidden in the Bible); the dates beginning with "A.L." - Anno Lucis - the Year of Lucifer; and the black and white floor which signifies the dual nature (both good and evil) of their deity.

other sheep and grow wool like other sheep then you shouldn't mind when we call you a sheep. Belief in a Supreme Being is compulsory (except in the Grand Orient), lodge buildings are modelled on temples, hymns are sung, a 'Volume of the Sacred Law' is prominent, (maybe the Bible, or the Koran, the Book of Mormon, the Hindu's Vedas or Upanishads, etc.), there is a Chaplain and an altar, a "Worshipful Master," prayers are offered, there is worship, ritual and the demand for a commitment to the grave along with the offer of salvation to the "Grand Lodge in the sky." It sounds like a religion, but let us carefully check their own authorities before we jump to confusions.

According to W. L. Wilmhurst, **"A brother may legitimately say 'Masonry is my religion."**[8] Henry Wilson Coil says that Masonry is a religion as defined by the dictionary, and also fits the definition of a church as well.[9] Dr. Albert Mackey was the High Priest of the General Grand Chapter and Secretary-General of the Southern Supreme Council of 33°. He states **"Freemasonry may rightfully claim to be called a religious institution."**[10] Frank Higgins wrote that **"Freemasonry is the parent of all religion."**[11] J. S. M. Ward wrote **"Freemasonry is a significant organised school of mysticism entitled to be called a religion."**[12] According to Sovereign Grand Commander Albert Pike, **"Every Masonic Lodge is a temple of religion, and its teachings are instruction in religion."**[13] These men were among the highest ranked Freemasons, all in the 33°. None of them seemed embarrassed about calling Freemasonry a religion.

"For every masonic writer who says that Freemasonry is not a religion, there are five masonic writers who claim that it is a pagan religion. While they may disagree as to which pagan religion, they are all agreed that Christianity is wrong and its teachings must not be allowed in the Lodge. If Freemasonry were truly neutral when it came to religion, like the Boy Scouts, A.A. or the YMCA, then why has it allowed Albert Pike to teach his Aryan religion, Manly P. Hall to teach his Mystery Religion, *(Lynn)* **Perkins to teach New Age Religion, etc., If Christianity cannot be openly taught in the lodge, then neither should any other religion. But the fact that pagan religions are being openly taught in the lodge meetings reveals that Pike's anti-Christian bigotry ...has won the day so far as modern Masonry is concerned,"** wrote Dr. Robert Morey. [14]

The question is not whether Freemasonry is a religion or not, but rather which kind of religion?

THE MASONIC DEITY

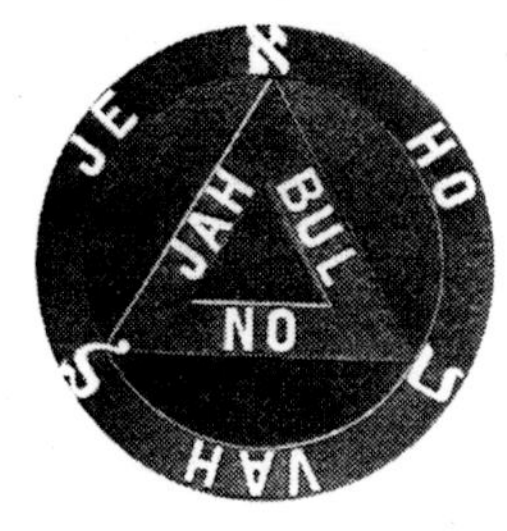

According to Martin Wayne, **"A true Mason must forfeit his own religious beliefs in who God is and accept the new god of Masonry."**[15] One of the fabricated secrets of Freemasonry is the imaginary "lost name of God." This is first revealed to a Freemason only when they are admitted to the Holy Royal Arch degree. Before this God is referred as "The Great Architect of the Universe"; the "Grand Geometrician"; or the "Universal Ruler." Other building terminology is also used. Freemason's deity is named **"Jahbulon."** Jah is claimed to be Yahweh, or Jehovah of the Jews; Bul or Baal is the fertility god of the Canaanites and Syrians; and On or Osiris is the Egyptian god of the underworld. Christians who believe this "deity" is Jesus are being deceived into committing a blasphemous idolatry! The Old Testament records plainly that God's severest judgement fell on Israel when they worshipped Baal, the evil demonic power who required human sacrifices and other abominations. *(See the story of Elijah in 1 Kings 18.)*

I agree with former Lodge Master Edmond Ronayne, who states **"The very religious philosophy and false worship which caused Jehovah to destroy His own temple and banish into captivity His ancient people, are precisely the same philosophy and worship which modern Masons profess shall fit them for the glories of heaven."**[16]

In some degrees, the deity of Freemasonry is named as "**Abaddon,"** which the Bible describes as a destructive evil spirit (Revelation 9:11). The gods to be worshipped as revealed in the 24° are Osiris, Isis and Horus, from ancient Egypt. In the 26° the gods to be worshipped are Odin, Frea and Thor, from the Druids. In the 31° the ceremony explains ancient Egyptian beliefs regarding the Afterlife, including being taken to the Council of (Egyptian) gods for judgement. In the 32° Scottish Rite it is explained that the Masonic trinity is called **"AUM,"** - A for Brahma the creator; U for Vishnu the preserver; and M for Shiva the destroyer - Hindu deities. (The original letters were in Sanskrit.) **What are all these pagan gods doing in an organisation which claims to be acceptable to Christians?**

One of the major mysteries Freemasons are taught to seek after is enlightenment about the name of the Great Unknowable Deity. The God of the Bible reveals a great deal about Himself through that book, including His name and many of His attributes of personality. **Freemasons are seeking what and who Christians already know.** The One True God of the Bible (see Deuteronomy

6:4 and John 17:3) is not amalgamated with or manifested through these other false deities because they are idolatrous and under God's divine judgement. **"Great is the LORD and most worthy of praise; He is to be feared above all gods. For all the gods of the nations are idols, but the LORD made the heavens."** (1 Chronicles 16:25-26.) **"This is what the LORD says... "I am the first and I am the last; apart from me there is no God."** (Isaiah 44:6). Only Satan himself could be happy at how many men he has deceived through the worship of Freemasonry's false gods.

FALSE PRIESTHOOD, BAPTISM, & COMMUNION

When a Freemason is initiated into the 19° of the A & A/Scottish Rite he is anointed with oil and proclaimed to be a "Priest forever after the Order of Melchizedek." Hebrews 7:24 states that this Order of Melchizedek is unchangeable (Strongs 531 = *"aparabatos"* in the Greek, the exclusive and untransferable) possession of Jesus Christ. It cannot be shared with anyone else, and the term can also mean *"without successor."* This means that any person who claims to belong to this order, according to the Bible, is claiming to be Jesus Christ. The credentials to be Israel's Messiah and the Saviour of the World are required from all who have passed through the 19°. Otherwise they are guilty of a great blasphemy. The same applies to all Mormon men who enter their Melchizedek Priesthood.

In the 26° the Candidate is baptised in water **"for his soul's purification."** It is then free, following death, to return to the Universal Soul or deity. This is blatant Gnosticism, has much in common with Buddhism, and is a blasphemy to Christians, as well as to Jews and Moslems.

The 18° is often held up as the "Christian Degree," but reading through the ceremony shows there is a warping of the Scriptures which disproves this claim. The symbols used include the Pelican (which feeds its young with its own blood - a mockery of Communion); the blood red Rose (which is claimed to be the symbol of secrecy and silence, and also the symbol of dawn - the resurrection of light); and the serpent (the mythical symbol of wisdom). This 18° ceremony claims that the death of Jesus was a "dire calamity." Why? Surely only those who reject the atoning work of Jesus Christ on the Cross of Calvary could suggest such a thing. If this were truly a "Christian degree" as is claimed, the death and resurrection of Jesus Christ should be boldly proclaimed as the ultimate victory over sin and evil. Wrongly claiming the work at Calvary as a calamity again proves both the anti-Christian bias of Freemasonry, and that individual Freemasons have not understood the Bible message of Christ's atoning work.

THE MYTHS OF HIRAM ABIFF

In the ritual of the Third or Master Mason Degree there is acted out the myth of Hiram Abiff. Every Fellowcraft Freemason being initiated into the Third degree represents Hiram Abiff, and the mythical drama unfolds in such a convincing way it is usually accepted as historic fact. Most of this story, however, is a fabrication to suit the pagan rituals and purposes of Freemasonry. For example, nowhere in the Bible is there any mention of his death.

Hiram is portrayed as a senior workman in brass and other metals during the construction of Israel's temple in Jerusalem during the time of King Solomon. Three Fellowcraft or 2nd Degree men demand to learn from Hiram the secret of the Master Mason. These men shake and push Hiram around, and when he refuses to divulge the secret, he is killed by the third ruffian. His body is then hastily buried to cover the crime. After being missed, a search locates Hiram's body buried under an Acacia tree. While others of lower rank vainly attempt to resurrect Hiram, the Worshipful Master, representing King Solomon, then raises him from the dead, given through the Five Points of Fellowship, and then gives him eternal life.

It should be pointed out that Hiram allegedly came from Phoenicia, a country which worshipped the pagan deity Baal, the Sun god. History and the Bible records that King Solomon fell into idolatry through his acceptance of this and other pagan gods. While using Bible characters and some verses to tell this story, most is myth concocted during the past two centuries.

According to the Masonic version of events, Hiram's body is later reburied near the temple. This is not a resurrection but a reinterment. Resurrected people aren't reburied! But the mythical symbolism of Hiram's raising does have a purpose. According to eminent Masonic scholar Albert Mackey, **"...the succeeding portions of the legend are intended to convey the sublime symbolism of a resurrection from the grave, and a new birth into a future life."** [29]

Mackey goes on to describe the Masonic hope of each member, after yielding to death, being then raised into eternity by a word from the "Grand Master of the Universe", followed by drawing near the divine presence. Only one possible conclusion can be drawn from this - immortality is offered through the legend of Hiram Abiff. Many Masonic scholars, including Mackey, Carl Claudy, Joseph Fort Newton as well as many Ritual books/Monitors all agree on this.

When a man has been through the ritual described above, his attention is drawn to the only light in the lodge, (all other lights are out) which is above the Master's chair on the eastern side of the lodge. It is called the "Star in the East." The Initiate is then told **"The light of a Master Mason is Darkness Visible."** Since Satan/Lucifer is described as the Prince of Darkness, the reference can only mean one thing - Lucifer receives his due worship here. If this was meant to imply Jesus Christ, then why not say so? Jesus said, **"I am the Light of the World. He who follows Me shall not walk in darkness, but have the light of life,"** (John 8:12). Jesus never did anything in darkness. The Star in the East alludes to the "Wise Men" who came from the East to find the baby Jesus in the manger. (Maybe someone should provide a compass here, because the wise men came *from* the East, and *went* West to find Jesus who is the Truth, according to John 14:6.)

A skull and crossbones (or sometimes a whole skeleton) are shown by torch to the Initiate at this time. Several former Freemasons have confirmed these are real bones, not plastic models. Isn't there a law against having human body parts in one's possession unless you are involved in medical research? Morality strongly suggests we shouldn't be playing around with someone's remains. Enough people have been converted out of Witchcraft where similar rituals are observed to suggest this is an evil practise, about which there is nothing good.

Hiram Abiff brings the wrong message to Freemasons, and again confirms both the mythology taught as fact, and the false offer of immortality offered by Freemasonry and rejected by Jesus Christ.

IS FREEMASONRY RECYCLED PAGANISM?

Many authorities, both Freemasons and others, have stated that Freemasonry is just the religious beliefs of Paganism. Paganism has been defined as "the occult worship of Nature, attributing to gods and goddesses aspects of nature." This is primarily understood to be a revival of the ancient Egyptian, Greek and Babylonian mystery religions. Here are some quotes which illustrate this.

"In the Blue Degrees an initiate is initiated into the Egyptian Trinity of the ancient mysteries of Egypt. And this Egyptian Trinity is hidden from the initiate. He does not know at all what he is being initiated into..."[17] (British author, researcher and cult expert, Ian Taylor.)

"The God of nineteen-twentieths of the Christian world is only Bel, Moloch, Zeus, or at best Osiris, Mithras, or Adonai, under another name,

worshipped with the old Pagan ceremonies and ritualistic formulas. It is the Statue of Olympian Jove, worshipped as the Father, in the Christian Church that was a pagan temple; It is the Statue of Venus, become the Virgin Mary."[18] (Albert Pike, 33°.)

"The religious cults in the Graeco-Roman world, Egypt, Greece, Rome, etc., were known as the Ancient Mysteries. These powerful fraternities had very many things in common with our own craft."[19] (M. Haywood, Founder of Masonic Study Club.)

"There is a certain difference between... the Christian religion, and the old Egyptian mystery-faith from which Masonry is derived." [20] (Bishop C.W. Leadbeater, 33°.)

"The Worshipful Master represents the Rising Sun."[21] (J.S.M. Ward.) Every Master Mason knows this.

"The point within a circle is derived from sun worship, and is, in reality, of phallic origin. It is the symbol of the universe, the sun being represented by the point, while the circumference is the universe."[22] (Past Grand Master Dr. Albert Mackey, 33°.)

"Bacchus died and rose again on the golden Asian plain,

Osiris rose from out the grave and thereby mankind did save,

Adonis likewise shed his blood by the yellow Syrian flood,

Zoroaster brought to birth Mithra from His Cave of Earth;

And today in Christian Lands We with them can join hands."[23]

(J.S.M. Ward.)

"Lucifer, the Light-Bearer! Lucifer, the Son of the Morning! Strange and mysterious name to give to the Spirit of Darkness! Is it he who bears the Light, and with its splendours intolerable blinds feeble, sensual or selfish Souls? Doubt it not." [24] (Albert Pike.)

"It is admitted that the secret system of Freemasonry was originally founded on the Mysteries of the Egyptian Isis, the goddess-mother, or wife of Osiris." [25] (Alexander Hislop.)

The above are an interesting range of authoritative comments, mostly by senior Freemasons. Obviously there are many other quotes I could mention, but space prevents that. So, are Freemasons Satanists? Not at all. Whether the members know it or not, the god of Freemasonry is Lucifer. Are there any differences between Satan and Lucifer? Yes; Luciferians imagine they are doing good, while Satanists know they are evil. The Bible describes Lucifer as the most important angel God created. When he rebelled against God, Lucifer was thrown out of heaven along with the angels who joined the first ever attempted revolution. From that day of eviction Lucifer was known as Satan. **"The real secret of all the secret societies is that they believe Lucifer never fell to earth; that Lucifer is God, and has been since the dawn of creation,"**[26] wrote author William Still.

Luciferians believe God has a dual nature. They claim he is the good god Lucifer, and the bad god Adonai, both equal in power yet opposite in intent. This is sometimes represented by the circular Yin/Yang symbol of the Taoists and Buddhists, or the black and white checkerboard pattern with the tessellated boarders found in Masonic buildings, (See *the floor shown on page 26*). Lucifer is sometimes further divided into Isis (the female principal), and Osiris (the male principal). The core myth at the centre of all secret societies is that Lucifer is benevolent, seeking to illuminate his followers with special knowledge.

Lucifer became Satan when he fell, and his benevolence fell with him. Even Satanists know that Lucifer is one of Satan's myths, aimed at deceiving mankind with false promises of power, wisdom and knowledge. Freemasonry is not spiritually benign just because men in its highest degrees admit they worship Lucifer.

The Western calendar numbers years from the alleged birth year of Jesus Christ. B.C. equals 'Before Christ,' while A.D. means 'Anno Domini,' - the "Year of the Lord." (More recent evidence confirms Jesus was born in either 3 or 4 B.C.) The Masonic calendar marks years by A.L., meaning 'Anno Lucis,' the 'Year of Light" or the 'Year of Lucifer.' Both are correct.

Since Freemasons teach that the death of Jesus Christ was a tragedy, they don't count their years like the rest of society. This is played out in the ceremonies of the 18°, (the Rose Croix, or Rosicrucian degree). The reason given by their authorities is that the day Jesus was crucified was the birth of Christianity, ever to be the antagonist of Freemasonry, according to their historian Abbe Augusten de Barruel.

It may be true to describe Freemasonry as "Recycled Paganism." However, the spiritual explanation is that a group of people, mostly men, have allowed

Prince Rose Croix Certificate

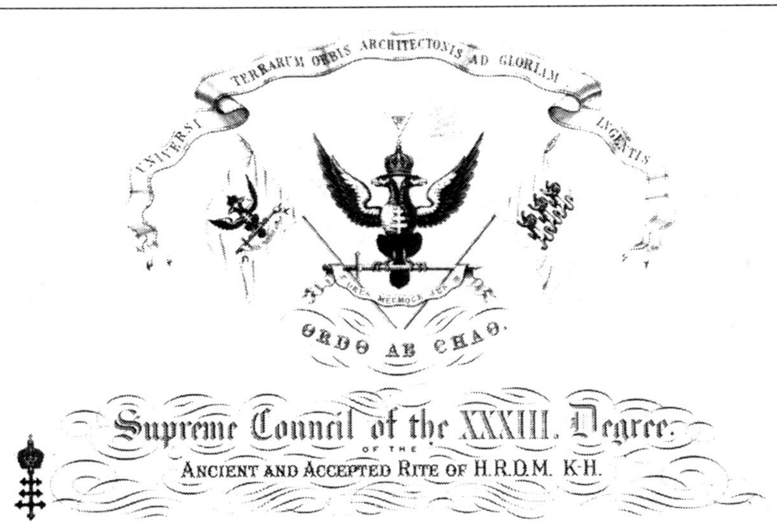

Supreme Council of the XXXIII. Degree.

OF THE

ANCIENT AND ACCEPTED RITE OF H.R.D.M. K-H.

From the East of the Supreme Council of the Sovereign Grand Inspectors General of the 33° of the ANCIENT AND ACCEPTED RITE *for England and Wales and its Districts and Chapters Overseas, under the C.C. of the Zenith, near the B.B., answering to N.L. 51° 31', Long. 6' W.M. of Greenwich.*

O all Very Illustrious Sovereign Grand Inspectors General ; Most Valiant and Sublime Princes of the Royal Secret ; Grand Inspectors Inquisitor Commander ; Grand Elected Knights K.·. H.·. ; Excellent and Perfect Princes Rose Croix ; Grand, Ineffable, Sublime, Free and Accepted Masons of every Degree of Masonry throughout the Universe, and

To all to whom These Presents may come

LIGHT, LIFE, LOVE.

Know ye, That We, the Supreme Council of the 33° for England and Wales and its Districts and Chapters Overseas, do hereby certify, acknowledge and proclaim our Excellent Brother,

....

to be an Expert Master of the Symbolic Lodges; Secret Master; Perfect Master; Intimate Secretary; Provost and Judge; Intendant of the Buildings; Elect of Nine; Elect of Fifteen; Sublime Elect; Grand Master Architect; Ancient Master of the Royal Arch of Enoch; Grand Elect Perfect and Sublime Master.

And do also Certify: That at the .... Chapter Rose Croix of H.R.D.M. No. .... held at .... NEW ZEALAND .... on the .... day of .... the said Brother having been duly installed Knight of the Sword, or of the East, Prince of Jerusalem, and Knight of the East and West, was received admitted and constituted, an

EXCELLENT AND PERFECT PRINCE ROSE CROIX OF H.R.D.M., 18°

In Testimony whereof, the Grand Secretary General has hereunto subscribed his name and affixed the Seals in the Grand Council Chamber at London this .... day of the month of .... A.L. 5986, A.D. 1986 ......

.... 33°

Grand Secretary General H.·.E.·.

themselves to be deceived by the arch-deceiver, Satan, whose primary interest is to draw people's worship from the True God to himself. If you want to back the winner of this contest, then read to the end of the Bible, where God has Satan/Lucifer put into a burning pit where he will remain for eternity (Revelation 20:10). God does not want any one of His creatures, including you, to join Satan. That is why He sent Jesus to pay for the penalty for your sins. Those who reject God's offer of salvation will learn the hard way they made a mistake, with eternal consequences. Let us look at three last quotes.

"It is impossible to exaggerate the difference between the god of Masonry and the God of the Christian. The two conceptions are poles asunder. The difference is so vital that no intelligent Christian can possibly overlook it..."[27] (Dr. C.N. Button, endorsed by the Grand Master of Victoria, Australia.)

"If it is wrong for a Christian to pray together with a Jew or a Moslem *(or any member of another religion)* **to the Great Architect, then it is undoubtedly wrong for him to become a Mason..."**[28] (Vindex, Masonic apologist.) He is right - it is wrong!

"Do not be yoked together with unbelievers. For what do righteousness and wickedness have in common? Or what fellowship can light have with darkness? What harmony is there between Christ and Belial? *(The system of Satanic worship).* **What does a believer have in common with an unbeliever? What agreement is there between the temple of God and idols?... Therefore come out from them and be separate, says the Lord."** (2 Corinthians, 6:14-17).

WHO OPPOSES FREEMASONRY?

I have presented much evidence explaining why a true Christian could not be a Freemason. This view is shared widely, including by John and Charles Wesley, General William Booth, D. L. Moody, Dr. R. A. Torrey, Charles Finney and a host of other prominent Christian leaders over several centuries, all of whom condemned Masonry. They are not alone. Let me run quickly through a list of Christian denominations which oppose Masonry. The World bodies of The Salvation Army, Greek Orthodox, Lutheran, Methodist, Presbyterian, Mennonite, Nazarene, Churches of Christ and Pentecostal churches, Brethren Assemblies, The Church of England, The Free Church of Scotland, British Methodists, and the Baptist Union of Scotland, whose report has been endorsed and published by New Zealand, British and Irish Baptist Unions. In June 1993 the Southern Baptists of America agreed that Freemasonry is pagan, unscriptural and in conflict with basic Christian beliefs. Despite this, they still compromised their report, probably for fear of loss of revenue from Freemasons who might resign or stop giving. Such manipulative tactics have been used quite often and only confirm that such men cannot be walking with Jesus Christ. Some Freemasons hold positions of control in some denominations, so discussion on this vexed issue has been avoided or stifled.

In addition to the above, virtually every Pope of the Roman Catholic Church between 1738 and 1981 has required instant excommunication for any Catholic who becomes a Freemason. Author David Yallop claimed there were seventeen Freemasons on the Vatican Council. I won't attempt to explain this, but it has been confirmed by former 33° Freemason and Grand Chaplain of New York, Rev. Harmon Taylor. Now when you tally that list up there are few which compromise over this issue. I can find no evidence of any Christian denomination which supports Freemasonry. In spite of such overwhelming opposition from Christians, there are still some Lodges who persist in proclaiming that Christianity continues to provide the foundation of Freemasonry. The evidence says otherwise.

CONTROLLING THE PULPIT AND THE CHURCH

Most Christian pastors know there is a problem if Freemasonry is present in their congregation. Having asked widely, I can report there is no evidence that Freemasons are actively involved in Christian evangelism in local churches or elsewhere. If they are involved in their local church, they will usually get into the finance and/or administration areas, to control what happens in the church.

Many pastors are afraid to preach a message which is critical of the teachings and practices of Freemasonry. However, once a pastor knows that Freemasonry is incompatible with the Christian faith, if he or she still won't address this in their church, their ministry has become compromised and they will become accountable to God for the blood of others, as recorded in Ezekiel. **"But if the watchman see the sword come, and blow not the trumpet, and the people be not warned; if the sword come, and take any person from among them, he is taken away in his iniquity; but his blood will I require at the watchman's hands"** (Ezekiel 33:6). Since Christian pastors are intended by God to fulfil the role of "watchmen", looking after the spiritual and other welfare of their congregation, they are more responsible. (There are also many non-Christian pastors in pulpits, who aren't born again and in relationship with Jesus Christ, and they cannot lead their people above their own level of spiritual maturity, which is really heathenism).

Having said that, when a Christian pastor does take a stand against this false religion hiding in their church, in all probability they will end up with a fight on their hands. I have seen this occur a number of times. There is often division, church splits, confusion, hurting people, especially among the older age group who have been kept in ignorance of the true nature of Freemasonry by relatives who were involved in a lodge. "But they were good men" goes the common cry of such folks. The evidence is beginning to show just the opposite. I was approached by the pastor and eldership of an Evangelical church to come and present a teaching on Freemasonry. They had heard me speak somewhere else, and observed the fruit of changed lives. They wanted to get on proclaiming the Gospel of Jesus Christ. There was no other agenda: they wanted to see people saved, baptised, discipled and going on for Jesus Christ. They did have a dozen families in their church with significant Freemasonry connections, who were acting in concert to seek to control this congregation. The leadership had correctly discerned that Freemasonry had acted as a giant smothering blanket over the outreach of this congregation. (This has been reported to me by evangelists and others on every continent and in many countries, so isn't a new discovery or an invented one.) The Freemasonry families were content with a "spiritual" social club rather than a vibrant expression of Christ at work on earth through His body.

I had warned the pastor and elders they would be in for a spiritual and emotional rodeo once they commenced. The leadership discussed and affirmed inviting me to speak at a date some six months out, and also drafted a formal statement on the incompatibility of Freemasonry with the Christian/Biblical foundations of their denomination. Within days, the Freemasons in that congregation tried to call a congregational meeting to have the pastor removed over some invented trifle. Most of the people saw through this ruse and didn't support it. The Freemasons then went to the state executive of their denomination to have the credentials of the pastor revoked. Since he had been a faithful and fruitful pastor in previous congregations prior to coming to this one, his past record prevented any such action. The denominational executive appreciated the pastor's integrity, but not that of the Freemasons.

The true spiritual power and agenda behind Freemasonry was revealed through the various attempts to control this congregation. These included control, manipulation, division, confusion, dishonesty and a care for bricks and mortar rather than people. By the time I arrived to teach, there was almost shell-shock among the congregation. Permanent damage was only prevented by genuine and caring pastoring by the leadership. After I had completed my teaching session (which had standing room only), several men came up to me and thanked me for the accuracy of my material, and confessed they had been former Freemasons themselves. Not a single current Freemason or their family members attended that meeting, which shows a certain bigotry. Now that the congregation had the facts about Freemasonry, and had seen first hand the spiritual blindness of Lodge members, they adopted the leadership's statement, including banning any leader from belonging to any such organisation. All dozen Freemason families left that church and went to infest another church in town.

There are some in ministry who might not want to endure such a difficult time in order the deal with Freemasonry in their church. I would ask if your congregation are worth fighting for? I had asked for prayer from our own intercessors for this congregation. I know they also had their own, and several other local churches of various denominations upheld them in prayer during this time. I contacted the pastor again several times, including once some six months later. This was to find out the fruit of the work. The pastor told me that salvations had been significant, and in fact more had been saved during the past six months than the previous five years, and baptisms were the same. Despite a temporary dip in income from tithes and offerings with the departure of the Freemasons and their families, the pastor informed me they were now ahead of budget and were able to plan major outreachs with other local churches to reach their community with the Gospel of Jesus Christ. Despite the difficulties they went through, the faithfulness of God cannot be understated. True pastors will want to protect their congregation from the effects of Freemasonry and other deceptions.

HERESIES WITHIN FREEMASONRY

This list was complied by clergy looking into Freemasonry for the report of the General Synod of the Church of England in 1988.

Syncretism. This claims different religions are equally valid, or may be treated as equal or fused together. Dangerous compromises are committed in a vain attempt to reconcile differing belief systems or understanding of God which are incompatible.

Dualism. Masonic and Christian perceptions of God are in serious conflict. No Christian could subscribe to both without suffering spiritual schizophrenia.

Polytheism. While a Freemason on his own may believe in only one God (even the one true God) he must welcome all fellow Freemason's gods at Masonry's altar.

Socinianism. Masons elevate God the Father at the expense of God the Son.

Pelagianism. This claims that man was not cursed with original sin, but may achieve perfection on earth and heaven through good works, rather then by faith in Jesus Christ and what He accomplished at Calvary. Christians believe all have sinned and can only be redeemed through repentance of sin and trusting in Christ and what He did.

Rationalism. Freemasonry's titles of Great Architect and Great Geometrician imply God merely built this world and does not intervene in its affairs. Christians know that God asserts Hid will and purposes through His Son, Jesus Christ, and through the Holy Spirit.

Gnosticism. Salvation is falsely claimed to be obtainable through learning secret knowledge, a view explicitly rejected by many New Testament writers and all Christians. Also, salvation is such good news is must be shared. Any salvation kept secret from others is not a true salvation but the penalty of deception.

Manicheanism. God isn't all good but the source of both good and evil.

Idolatry. Several parts of Masonic ritual break the second commandment by having graven images and bowing to them in worship.

Satanism. All worship not directed solely to the One True God must be, by reason, directed at the arch-enemy, Satan.

A former Knight's Templar confirmed to me that Freemasonry's Blue Lodge Ritual requires a man to break 5 of the Ten Commandments, number's 1, 2, 3, 6, and 9; quite apart from any others broken elsewhere in one's life. I will believe Freemasonry is Christian ***only when*** every Lodge Chaplain calls for every member present to repent of their sins and put their faith and trust in the Lord Jesus Christ alone for their eternal salvation. Until that happens, the evidence is overwhelming that Freemasonry is a pagan religious organisation whose members are among the most self-righteous in the religious world.

As I was completing revision of this book, I came across the following relevant quotation. **"What then is a false religion? Since God is holy and man is sinful, we define a false religion as a religion that has not settled the sin question; a religion that has not taken lying, idolatry, pride, adultery, anger, and all forms of wickedness from a man and yet promises that same man some euphoria here or in heaven. That is what should be considered a false religion. Who then is a worshipper of a false god? He is the one who worships an idol. If an idol is a false representation of God or a god, and the worshipper has never seen such a being in reality, it means that an idol is a false god. A doll, no matter how fine, is a false child, and a mannequin a false man. Apart from physical images, if a man**

conceives of God as different from the one only true God of the Bible and worships such a 'God', no matter how sincere he may be, he is just like the one who has made a physical image to represent God. Any 'God' that emerges out of such imagination is a false god. Our knowledge of God is from revelation and not imagination. A.W. Tozer says, "Do not try to imagine God or you will have an imaginary God."" [29]

THE FRUITS OF FREEMASONRY - A SUMMARY

Fruit	Explanation	Scriptures show God forbids
Pride	Titles egotistical, pretending to be aristocracy or military of middle ages. inflated with self-importance BUT: we are called to be servants, humble	Matt. 20:25-28, 1 Tim 3:6, Pro 16:18 Matt 11:29, Phil. 2:3 Isaiah 14:13-15, James 4:6
Self-Righteousness	A member's proven character & good standing in community required prior to joining. Brings vain sense of being good enough (by works) to stand before God without a Saviour.	John 5:38-40 2 Corint. 3:5-6 Luke 18:9-14 Matt. 15:4-11
Idolatry	Local lodge leader called "Worshipful Master", "GAOTU" is not God of Bible BUT: worship God alone, & call no man "master"	Matt 22:36-38 Exodus 20:2-4
Unequally Yoked	Members required to believe in a supreme being, not God of Bible. Brothers join at altar of pagans praying to false gods	2 Cor 6:14-18, Ex. 34:11-16 1 Cor. 10:20-22, 2 John 9
Deliberate Deceit Dishonesty & Corruption	Leaders admit deliberate deceit over Blue Lodge members, despite ritual teaching morality. Ritual instructs preference to a fellow mason in business & society, regardless of merit	Titus 1:10-11 2 Cor. 4:2
False Concept of God	FM claims God is source of good & evil also that Jesus & Lucifer are 2 sides of same deity. Represented in black & white flooring	2 Cor. 5:21, 1 Sam. 2:2 John 14:30, 1 John 1:5 Isaiah 6:3

Secrecy	Shown in much ritual, passwords, handshakes, etc. Many trivial, some embarrassing	John 18:20, Mark 4:22
Swearing Oaths	Oaths & obligations given 1 phrase at time, with a penalty invoking a curse, then ask God to witness what He forbids.	Matt 5:33-37, James 5:12 Exodus 20:7, Lev. 5:4-5
Greed	Many/most Masons join hope for business social or financial promotion, despite denial	Titus 1:11, 1 Tim. 3:3-8 1 Peter 5:2
False Assurance of salvation	All Masons, regardless of beliefs, are offered immortality & heaven in Blue Lodge Ritual	Rom. 10:9, John 3:16,18,19 Luke 7:47-48
False Resurrection	Ritual of 3^0 - Master Mason involves the ceremonial killing & resurrection of candidate	Hebrews 9:27, Romans 10:9 Romans 3:10-12
Anger & Violence	The violence and ceremonial killing of the Master Mason brings fruit of anger, noticed in most Masons.	Proverbs 14:7, Eph. 4:26, 31
Spiritual Blindness & Searching	Every holy book is "on the Level" during ceremonies, resulting in belief that all religions are part of the true religion. Children & grand children of Masons often get into cults & strange religions or beliefs due to this inherited influence, because any god will do. The blindness is caused by the spirit invited in with the hoodwink.	Galatians 1:8-9,
Fear	Enters with the sudden noises while blindfolded; & with spear. compass etc. pressed into naked left breast during 1st degree initiation	2 Timothy 1:7; Hebrews 13:6 1 Peter 2:17; 1 John 4:18
Curses	Arise from all the above. A curse without cause cannot alight, but these issues are the causes, so are justified by Scripture. Good News! The effects can be removed when the causes are renounced and repented of.	Galatians 1:8-9, Proverbs 26:2

TESTIMONY OF "ALAN,"
former 30º Mason and retired Anglican lawyer

"I still have many friends in Masonry that I look upon with affection and respect. Many of them are decent and well-intentioned people who I believe went into Masonry for the same reason I did, in that they understood it was a Christian-based organisation, in that it gave a humanitarian lifestyle, good fellowship and promoted a moral standard of life. Masonry is like quite a lot of other things, in that it has sufficient moral teaching in it, and even verses taken from the Bible, to give a false sense of security as to what it is.

My disagreement is not with all those individual people who are in the Craft, but with the hidden agenda that lies in Masonry with indoctrination, with false interpretations and a deliberate deceit, particularly the majority of Masons who are in the Blue Lodge. I was one who went right through to the thirtieth degree. I have come to a realisation that it is only when you reach the upper degrees of Masonry that the true significance of Masonic teachings are made apparent in any way. It was following my commitment to Christ with the Baptism of the Holy Spirit that I knew I had committed a very great wrong, and that it had to be put right. I admit frankly that there were selfish reasons for my going into Masonry. During the war years when I was overseas I was curious about the fact that some of the men in the unit every now and then went off into a little hush-hush gathering somewhere, and to any enquiries I made they said "We've got a lodge meeting." I didn't know anything more about it than that. I came back from the war and went into my family law practice, married shortly afterwards to my very precious wife and within just over six years we had six children. That sounds pretty hot going, but we had two sets of twins on end, so there wasn't time for much else, and I forgot my curiosity about Masonry for most of that time. I had a business associate who was also a relative of mine by marriage, and who had been a senior officer in the unit I served with. He kept speaking to me about the advantages to be gained from joining Masonry. He knew we were active members of a church, and claimed Masonry was a Christian-based organisation. I expressed some interest in it, and was eventually invited to join the lodge.

I am blessed with a fairly retentive memory and my progress up the ladder in Masonry was rapid for that reason. I soon went through the first three degrees and then the various offices in the lodge. I finished up as "Worshipful Master," and then at a later stage (I suppose in recognition of my known Christian commitment) I was invited to join the Rose Croix degree, the 18th degree. Much later on I was invited into the 30th degree. Even through that period of time there were a number of things which continued to cause some unease within me in some way or other, and I didn't know quite how to deal with them, but I want to share some of those with you. They steadily grew until finally I knew I had to leave the lodge completely, after about 30 years in it.

The first of these items which caused me concern was the issue of secrecy, because I wondered, if the teachings of Masonry were so true and good, why was it necessary to keep them hidden in a veil of secrecy. I couldn't even share those concerns with my wife, close friends or my spiritual leaders, and had to have that blanket of silence over the things that were revealed to me in Masonry. I talked with my wife afterwards about her feelings and she disclosed to me that when I went in she first of all felt bewilderment, then resentment, and finally reluctant acceptance. I am just so grateful that our marriage wasn't endangered, but she was helped over those years by a good group of lodge wives, many of whom had the same feelings, and they were able to share together.

The next thing which worried me was the question of Masonic oaths. I now recognise them as blood oaths, but even without that recognition if you just look at them word by word, they are horrendous. They agree to a vile mutilation of the body in different ways as a penalty for revealing the secrets, before those secrets are even disclosed to the Initiate. This applies to every step in Masonry. You have to agree to accept the teachings before knowing what they are.

The next point I had problems with right through was the question of deception and double meanings and euphemisms used in the rituals, particularly in the first three degrees. The definition of Masonry itself given to members gives some sort of clue of this, that it is "a peculiar system of morals, veiled in allegory and illustrated by symbols." That certainly gives some hint of what is involved. I was told it was a Christian-based organisation, and I knew quite a number of churchmen who were in the Craft, and I thought if it was okay for them then it must be okay for me. But I have realised, after thinking it over carefully, that God is never called God, but the "Great Architect of the Universe," and finally the passwords and signs which were exchanged in a secret way, but never had the meanings been given. These were a few of the matters which gave me unease at that stage. Even in the 18th Rose Croix degree, which is supposed to be the Christian form of Masonry, I came to see there were some parts of the ritual which had a secret hidden connotation with elements of the occult there.

The final problem I had was the matter of obedience to the Master and the governing authorities of the craft. The Master takes a significant part in the Craft Degree rituals. He leads the Initiate from "darkness to light" with a sharp instrument pressed against his breast. He leads the Fellow Craft from "death to resurrection" and one can't but wonder if this is a symbolic usurping of the place of Christ in our Christian teachings, putting Masonic teachings at total variance with the Word of God.

There are quite a lot of other things which I came to question, but perhaps I will summarise at this point. I came out of Masonry about ten years ago, because in the meantime we had together increased our Christian commitment considerably. The first real questioning of Masonry came through a very close friend of ours who was a retired clergyman, and who was Spirit-filled *(filled with God's Holy Spirit).* He had had family members who were involved in Masonry and felt a very deep concern about it. Through him we were both baptised in the Holy Spirit and from then on my move away from Masonry increased rapidly. You couldn't worship and live in the Holy Spirit and remain with those areas of concern. When I finally left I felt a tremendous release and freedom, and the joy that we have shared together in these retirement years and the blessings in healing and restoration of relationships and provision from our loving and caring God are more than adequate answers to the decision I made.

TESTIMONY OF "HAVELL"

former Master Mason

"For eight years I was a Freemason, initiated, passed, and raised, if you know the jargon. It simply means I was in the Blue Lodge, and I became in due course a Master Mason. I was introduced into Freemasonry by two members of a church vestry of which I was also a member. I liked and respected both men - they were friends, and I had no reason to doubt their honesty. They would say, in accord with Freemasonry teachings, that I was not invited to join, but rather that I expressed an interest. That is one of the things which is part of Freemasonry folklore; that no one is invited to join, that a candidate expresses an interest and it is that interest that is subsequently taken up. So two respected friends said this was something I should look at, I expressed an interest and some two years later I was initiated into a lodge.

However, nine years ago I decided to resign from my lodge. Then I removed all lodge-related clothing and books from my home, and finally I renounced entirely all connections with Freemasonry and sought the LORD's forgiveness. Why did I choose to do that? Well, let me start with some of the good things, the attractive things about Freemasonry, and perhaps you will come on a journey with me as I work through the list to some of the things I am uncomfortable with about Freemasonry.

Freemasons are known for, but generally don't seek publicity for, good works. For example, the building of homes for the elderly, and support for widows and children. Many Freemasons give a great deal of time and considerable sums of money to that sort of thing. Lodge ritual promotes high standards of moral conduct, for example, honesty, uprightness, support for widows and children. They acknowledge a supreme being, any supreme being. For the Christian or Jew it is Yahweh, but for Moslems it is Allah, for others, their gods.

It is quite spurious to hold that all are the same, the one true God. Neither the Christian nor the Jew may have any God other than the Lord God the creator. That is the first commandment, and to the Christian, God has uniquely revealed Himself in Jesus Christ. To acknowledge any other god is not only to reject the First Commandment, but also to deny Christ. Christ said, *"If you deny me I also shall deny you before My Father in heaven."* So I believe that Freemasons, on this alone, are in grave spiritual danger. Perhaps one could express it more strongly than this.

Next, Paul instructed Christians not to be yoked together with unbelievers. In my view candidates undertaking the first three degrees of Freemasonry yoke themselves with members of other lodges who may openly acknowledge supreme beings other than God. Much lodge ritual calls on Freemasons to do good works, so that they may ascend to heaven. In contrast Christ said that no man comes to the Father except through Him. He is the way. Paul makes clear that we cannot justify ourselves through good works. Only our faith in Christ is cause for hope, that we will share eternal life with Him. To argue otherwise is again to deny Christ.

Continuing on with falsehood, Freemasonry claims that lodge ritual is largely a series of plays that teach morality. Well, certainly they are fiction. The plays, however, present as fact what is fiction, so they may be plays but they have the presentation of being truth. But in the course of this, Bible stories are mistold and Biblical characters are given roles that they don't ever have in the Bible. There is no biblical support for it. Now, I think Freemasons might argue that this is but a means, albeit an amoral or immoral means, to an end. But I view it as an insidious form of lie. It is falsehood with a religious gloss, and for traditional Anglicans the gloss is also enhanced by a wording which is a counterfeit of 1662 Prayer Book language. So it has this religiosity about it which appeals to people who know that tradition, which affects for example, many Presbyterians and Anglicans.

Now Freemasons learn their lodge ritual by heart. "By heart" is a significant phrase. By repeated listening to the ritual and reciting it, members become skilful at presenting it from memory. And this aggravates the danger. Much of what you learn you internalise. But it is not truth, it is falsehood. It is certainly not God's truth. Can I ask you, who wants us to be skilful in presenting falsehood? This same sort of rote learning and reiteration are used by evil regimes seeking to perpetuate themselves. So we put the same mechanism and manipulation to work.

Lodge ritual is agreed among Freemasons to be secret. The fact is, of course, that the ritual is largely available through books in most public libraries. However, as you proceed from one degree to another there are always new "secrets" to be learned, and most of us only get into the Blue Lodge and don't see beyond that. However, the problem is that the meaning of this ritual is obscure and questionable. In my judgement, there is sufficient evidence of hidden evil in the lodge ritual to repel any Christian.

It came to a point where I could no longer accept this accumulation of evil. It stood against everything I believed about the Lord and everything I had come to understand about the way He works. So I got out. It took me a long time before I got rid of my lodge regalia and books. I put them out in the garage, and then finally I had them burnt by a friend. It was reported to us by this friend, a priest, that when he had burnt it, there was nothing left. The metal buckles, the hinges, there was nothing - it had gone completely. That day my wife and I found a new freedom, and I rejoice for it. "

(The above testimonies were both delivered in public meetings. Minor grammatical and other editing has been necessary to convert what they said to writing. The spirit of their messages remains unchanged.)

REMOVING THE HOODWINK

One family I know personally recorded the following effects on members of their family from the time two of them were involved in Masonry;

* Colostomy (bowel &/or stomach removal) - from the oath of the third degree *"let my stomach be removed and burnt to ashes..."*

* Spiritual searching through many religions, including Christian Science, Mormonism, Yoga, Hinduism, Buddhism and many others (any god will do) - the curse from unholy books put "on the level" with God's Word, the Bible.

* Fears - imposed on Freemasons at every degree.

* Adultery and separation - quite prevalent in this family until the curses were broken. Caused by the spiritual adultery/idolatry of having every god "on the level" with the one true God, (Hosea 4:12b, and John 17:3).

* Eyesight confusion - fears of the dark and of light caused by the initiation of the first degree of Entered Apprentice when a blindfold, called a "hoodwink," is imposed on the initiate.

* Heart attack pains and death - from the actions of the first degree with the sharp object placed firmly against the left breast, and also the oath of the second degree for the heart to be ripped out and fed on by wild animals and birds of prey.

* Violence - this is a re-enactment from the third degree, including when the initiate is placed into a coffin.

* Insanity and allergies - these are among the curses imposed by God on those involved in idolatry, (Deuteronomy 28).

In every case mentioned above, when prayers of repentance were made in the name of Jesus Christ, miraculous healings and restorations followed.

Counsellors involved in helping masons and their families to remove the curses and effects of Masonry have noted the following problems which have been healed through prayer in the name of Jesus Christ.

* Allergies (e.g. psoriasis of the skin).

* Alzheimers disease.

* Anger at God.

* Anguish (no peace or rest).

* Angina (from anger).

* Astigmatism (& other eyesight problems).

* Asthma (including hayfever & breathing difficulties).

* Barrenness (inability to conceive, or miscarriages).

* Blaspheming (taking God's name in vain).

* Bulimia & Anorexia (based on the death-wish).

* Compulsive risk taking.

* Death wishes, self-destruction and suicide.

* Deceptions through openness to false/non-Christian religions.

* Difficulty in receiving the Baptism in the Holy Spirit or using the gifts (1 Corinthians 12).

* Having a poor relationship with father or stepfather.

* Fears of: death, heart attacks, violent attacks, darkness, light, choking, shame, cancer, man, trusting, the unknown, loud sudden noises, claustrophobia, failure, sickness, rape, betrayal, the supernatural, rejection, panic and many more.

* Heart pains and pains in chest.

* Illegitimacy (leads to difficulty in finding relationship with Father God (see Deuteronomy 23:2).

* Inability to accept Jesus Christ as the **only** way to God.

* Insanity and mental problems.

* Learning disabilities such as Dyslexia, Dyscalculia, Dysgraphia and Dyspore.

* Molestation (both as victim and perpetrator).

* Murderous thoughts.

* Secretiveness (including being unwilling to discuss problems or hurts).

Consider that when prayer offered in the name of Jesus Christ overcomes these and many other problems which have often been traced back to Freemasonry, we begin to realise that the spiritual dimensions of Freemasonry are detrimental to us, as well as being opposed by the God of the Bible. Sometimes there can be other factors (such as involvement in other occultic activity by the individual or their ancestors) but these must be prayed through with competent Christian counsellors. Hereditary curses are the spiritual cause of evil activities which have physical, emotional and spiritual effects passed down through several generations.

Christians should pray for Masons without judging them. Bring their sins to God in an attitude of love, petitioning the Father for His mercy, binding in the name of Jesus Christ the spirits of deception, antichrist, witchcraft and death. Please remember that "**We do not wrestle against flesh and blood** *(your loved one)* **but against principalities, against powers, against the rulers of the darkness of this world, against spiritual wickedness in high places,"** (Ephesians 6:12). This is a spiritual battle, and should be treated accordingly.

Prayer of Release for Freemasons & their Descendants

If you were once a member of a Masonic organisation or are a descendant of someone who was, we recommend that you pray through this prayer from your heart. Please don't be like the Freemasons who are given their obligations and oaths one line at a time and without prior knowledge of the requirements. Please read it through first so you know what is involved. It is best to pray this aloud with a mature Christian present. We suggest a brief pause following each paragraph to allow the Holy Spirit to show any related issues which may require attention.

A significant number of people also reported having experienced physical and spiritual healings as diverse as long-term headaches and epilepsy as the result of praying through this prayer. Christian counsellors and pastors in many countries have been using this prayer in counselling situations and seminars for several years, with real and significant results.

There are differences between British Commonwealth Masonry and American & Prince Hall Masonry in the higher degrees. Degrees unique to Americans are marked with a line to the left of each paragraph. Those of British & Commonwealth decent shouldn't need to pray through those paragraphs.

"Father God, creator of heaven and earth, I come to you in the name of Jesus Christ your Son. I come as a sinner seeking forgiveness and cleansing from all sins committed against you, and others made in your image. I honour my earthly father and mother and all of my ancestors of flesh and blood, and of the spirit by adoption and godparents, but I utterly turn away from and renounce all their sins. I forgive all my ancestors for the effects of their sins on me and my children. I confess and renounce all of my own sins. I renounce and rebuke Satan and every spiritual power of his affecting me and my family.

In the name of the Lord Jesus Christ I renounce and forsake all involvement in Freemasonry or any other lodge, craft or occultism by my ancestors and myself. I also renounce and break the code of silence enforced by Freemasonry and the Occult on my family and me. I renounce and repent of all pride and arrogance which opened the door for the slavery and bondage of Freemasonry to afflict my family and me. I now shut every door of witchcraft and deception operating in my life and seal it closed with the blood of the Lord Jesus Christ. I renounce every covenant, every blood covenant and every alliance with Freemasonry or the spiritual powers behind it made by my family or me. In the name of Jesus Christ, I rebuke, renounce and bind Witchcraft, the principal spirit behind Freemasonry, and I renounce and rebuke Baphomet, the Spirit of Antichrist and also the spirits of Death, and Deception. I renounce the insecurity, the love of position and power, the love of money, avarice or greed, and the pride which would have led my ancestors into Freemasonry. I renounce all the fears which held them in Freemasonry, especially the fears of death, fears of men, and fears of trusting, in the name of Jesus Christ.

I renounce every position held in the lodge by any of my ancestors or myself, including "Grand Master," "Worshipful Master," or any other. I renounce the calling of any man "Master," for Jesus Christ is my only master and Lord, and He forbids anyone else having that title. I renounce the entrapping of others into Freemasonry, and observing the helplessness of others during the rituals. I renounce the effects of Masonry passed on to me through any female ancestor who felt distrusted and rejected by her husband as he entered and attended any lodge and refused to tell her of his secret activities. I also renounce all obligations, oaths, curses and iniquity enacted by every female member of my family through any direct membership of all Women's Orders of Freemasonry, the Order of the Eastern Star, or any other Masonic or occultic organisation.

33rd & Supreme Degree

In the name of Jesus Christ I renounce the oaths taken and the curses and iniquities involved in the supreme **Thirty-Third Degree of Freemasonry, the Grand Sovereign Inspector General.** I renounce the secret passwords, DEMOLAY-HIRUM ABIFF, FREDERICK OF PRUSSIA, MICHA, MACHA, BEALIM, and ADONAI and all their occult and Masonic meaning. I renounce all of the obligations of every Freemasonry degree, and all penalties invoked. I renounce and utterly forsake The Great Architect Of The Universe, who is revealed in the this degree as Lucifer, and his false claim to be the universal fatherhood of God. I renounce the cable-tow around the neck. I renounce the death wish that the wine drunk from a human skull should turn to poison and the skeleton whose cold arms are invited if the oath of this degree is violated. I renounce the three infamous assassins of their grand master, law, property and religion, and the greed and witchcraft involved in the attempt to manipulate and control the rest of mankind. In the name of God the Father, Jesus Christ the Son, and the Holy Spirit, I renounce and break the curses and iniquities involved in the idolatry, blasphemy, secrecy and deception of

Freemasonry at every level. I renounce the Pantheism of the Ancient and Accepted Rite of English and American Freemasonry, and the Atheism of Grand Orient Freemasonry.

I appropriate the Blood of Jesus Christ to cleanse all the consequences of these from my life. I now revoke all previous consent given by any of my ancestors or myself to be deceived.

Blue Lodge

In the name of Jesus Christ I renounce the oaths taken and the curses and iniquities involved in the **First** or **Entered Apprentice Degree,** especially their effects on the throat and tongue. I renounce the Hoodwink blindfold and its effects on spirit, emotions and eyes, including all confusion, fear of the dark, fear of the light, and fear of sudden noises. I renounce the blinding of spiritual truth, the darkness of the soul, the false imagination, condescension and the spirit of poverty caused by the ritual of this degree. I also renounce the usurping of the marriage covenant by the removal of the wedding ring. I renounce the secret word, BOAZ, and it's Masonic meaning. I renounce the serpent clasp on the apron, and the spirit of Python which it brought to squeeze the spiritual life out of me. I renounce the ancient pagan teaching from Babylon and Egypt and the symbolism of the First Tracing Board. I renounce the mixing and mingling of truth and error, the mythology, fabrications and lies taught as truth, and the dishonesty by leaders as to the true understanding of the ritual, and the blasphemy of this degree of Freemasonry. I renounce the breaking of five of God's Ten Commandments during participation in the rituals of the Blue Lodge degrees. I renounce the presentation to every compass direction, for all the Earth is the Lord's, and everything in it.

I renounce the cabletow noose around the neck, the fear of choking and also every spirit causing asthma, hayfever, emphysema or any other breathing difficulty. I renounce the ritual dagger, or the compass point, sword or spear held against the breast, the fear of death by stabbing pain, and the fear of heart attack from this degree, and the absolute secrecy demanded under a witchcraft oath and sealed by kissing the Volume of the Sacred Law. I also renounce kneeling to the false deity known as the Great Architect of the Universe, and humbly ask the One True God to forgive me for this idolatry, in the name of Jesus Christ. I renounce the pride of proven character and good standing required prior to joining Freemasonry, and the resulting self-righteousness of being good enough to stand before God without the need of a saviour. In the name of Jesus Christ I now command healing of my throat, vocal cords, nasal passages, sinus and bronchial tubes, for healing of the speech area, and the release of the Word of God to me and through me and my family.

In the name of Jesus Christ I renounce the oaths taken and the curses and iniquities involved in the **Second** or **Fellow Craft Degree** of Masonry, especially the curses on the heart and chest. I renounce the secret words SHIBBOLETH and JACHIN, and all their Masonic meaning. I renounce the ancient pagan teaching and symbolism of the Second Tracing Board. I renounce the Sign of Reverence to the Generative Principle. I cut off emotional hardness, apathy, indifference, unbelief, and deep anger from me and my family. In the name of Jesus' Christ I now command healing of the chest/lung/heart area, and also for the healing of my emotions, and ask to be made sensitive to the Holy Spirit of God.

In the name of Jesus Christ I renounce the oaths taken and the curses and iniquities involved in the **Third** or **Master Mason Degree**, especially the curses on the stomach and womb area. I renounce the secret words TUBAL CAIN and MAHA BONE, and all that their Masonic meaning. I renounce the ancient pagan teaching and symbolism of the Third Tracing Board used in the ritual. I renounce the Spirit of Death from the blows to the head enacted as ritual murder, the fear of death, false martyrdom, fear of violent gang attack, assault, or rape, and the helplessness of this degree. I renounce the falling into the coffin or stretcher involved in the ritual of murder. In the name of Jesus Christ I renounce Hiram Abiff, the false saviour of Freemasons revealed in this degree. I renounce the false resurrection of this degree, because only Jesus Christ is the Resurrection and the Life! In the name of Jesus Christ I now command healing of my stomach, gall bladder, womb, liver, and any other organs of my body affected by Masonry, and I ask for a release of compassion and understanding for me and my family.

I renounce the pagan ritual of the "Point within a Circle" with all its bondages and phallus worship. I renounce the symbol "G" and its veiled pagan symbolism and bondages. I renounce the occultic mysticism of the black and white mosaic chequered floor with the tessellated boarder and five-pointed blazing star from ancient witchcraft.

I renounce the All-Seeing Third Eye of Freemasonry or Horus in the forehead and its pagan and occult symbolism. I now close that Third eye and all occult ability to see into the spiritual realm, in the name of the Lord Jesus Christ, and put my trust in the Holy Spirit sent by Jesus Christ for all I need to know on spiritual matters. I renounce all false communions taken, all mockery of the redemptive work of Jesus Christ on the cross of Calvary, all unbelief, confusion and depression. I renounce and forsake the lie of Freemasonry that man is not sinful, but merely imperfect, and so can redeem himself through good works. I rejoice that the Bible states that I cannot do a single thing to earn my salvation, but that I can only be saved by grace through faith in Jesus Christ and what He accomplished on the Cross of Calvary.

I renounce all fear of insanity, anguish, death wishes, suicide and death in the name of Jesus Christ. Death was conquered by Jesus Christ, and He alone holds the keys of death and hell, and I rejoice that He holds my life in His hands now. He came to give me life abundantly and eternally, and I believe His promises.

I renounce all anger, hatred, murderous thoughts, revenge, retaliation, spiritual apathy, false religion, all unbelief, especially unbelief in the Holy Bible as God's Word, and all compromise of God's Word. I renounce all spiritual searching into false religions, and all striving to please God. I rest in the knowledge that I have found my Lord and Saviour Jesus Christ, and that He has found me.

York Rite

I renounce and forsake the oaths taken and the curses and iniquities involved in the York Rite Degrees of Masonry. I renounce the **Mark Lodge**, and the mark in the form of squares and angles which marks the person for life. I also reject the jewel or occult talisman which may have been made from this mark sign and worn at lodge meetings;

I renounce and forsake the oaths taken and the curses and iniquities involved in the **Mark Master Degree** with its secret word JOPPA, and its penalty of having the right ear smote off and the curse of permanent deafness, as well as the right hand being chopped off for being an imposter.

I also renounce and forsake the oaths taken and the curses and iniquities involved in the other York Rite Degrees, including **Past Master,** with the penalty of having my tongue split from tip to root;

and of the **Most Excellent Master Degree**, in which the penalty is to have my breast torn open and my heart and vital organs removed and exposed to rot on the dung hill.

Holy Royal Arch Degree

In the name of Jesus Christ, I renounce and forsake the oaths taken and the curses and iniquities involved in the **Holy Royal Arch Degree** especially the oath regarding the removal of the head from the body and the exposing of the brains to the hot sun. I renounce the false secret name of God, JAHBULON, and declare total rejection of all worship of the false pagan gods, Bul or Baal, and On or Osiris. I also renounce the password, AMMI RUHAMAH and its occultic meaning. I renounce the false communion or Eucharist taken in this degree, and all the mockery, scepticism and unbelief about the redemptive work of Jesus Christ on the cross of Calvary. I cut off all these curses and their effects on me and my family in the name of Jesus Christ, and I command healing of the brain and the mind.

I renounce and forsake the oaths taken and the curses and iniquities involved in the **Royal Master Degree** of the York Rite; the **Select Master Degree** with its penalty to have my hands chopped off to the stumps, to have my eyes plucked out from their sockets, and to have my body quartered and thrown among the rubbish of the Temple.

I renounce and forsake the oaths taken and the curses and iniquities involved in the **Super Excellent Master Degree** along with the penalty of having my thumbs cut off, my eyes put out, my body bound in fetters and brass, and conveyed captive to a strange land; and also of the **Knights Order of the Red Cross,** along with the penalty of having my house torn down and my being hanged on the exposed timbers.

I renounce the **Knights Templar Degree** and the secret words of KEB RAIOTH, and also **Knights of Malta Degree** and the secret words MAHER-SHALAL-HASH-BAZ.

I renounce the vows taken on a human skull, the crossed swords, and the curse and death wish of Judas of having the head cut off and placed on top of a church spire. I also renounce the unholy communion.

Ancient & Accepted or Scottish Rite *(NOTE: only the 18th, 30th, 31st 32nd & 33rd degree are operated in British Commonwealth countries.)*

I renounce the oaths taken and the curses, iniquities and penalties involved in the American and Grand Orient Lodges, including of the **Secret Master Degree**, its secret password of ADONAI, and its penalties;

of the **Perfect Master Degree,** its secret password of MAH-HAH-BONE, and its penalty of being smitten to the Earth with a setting maul;

of the **Intimate Secretary Degree**, its secret password of JEHOVAH used blasphemously, and its penalties of having my body dissected, and of having my vital organs cut into pieces and thrown to the beasts of the field;

of the **Provost and Judge Degree**, its secret password of HIRUM-TITO-CIVI-KY, and the penalty of having my nose cut off;

of the **Intendant of the Building Degree,** of its secret password AKAR-JAI-JAH, and the penalty of having my eyes put out, my body cut in two and exposing my bowels;

of the **Elected Knights of the Nine Degree,** its secret password NEKAM NAKAH, and its penalty of having my head cut off and stuck on the highest pole in the East;

of the **Illustrious Elect of Fifteen Degree,** with its secret password ELIGNAM, and its penalties of having my body opened perpendicularly and horizontally, the entrails exposed to the air for eight hours so that flies may prey on them, and for my head to be cut off and placed on a high pinnacle;

of the **Sublime Knights elect of the Twelve Degree,** its secret password STOLKIN-ADONAI, and its penalty of having my hand cut in twain;

of the **Grand Master Architect Degree,** its secret password RAB-BANAIM, and its penalties;

of the **Knight of the Ninth Arch of Solomon Degree,** its secret password JEHOVAH, and its penalty of having my body given to the beasts of the forest as prey;

of the **Grand Elect, Perfect and Sublime Mason Degree,** its secret password, and its penalty of having my body cut open and my bowels given to vultures for food;

Council of Princes of Jerusalem

of the **Knights of the East Degree**, its secret password RAPH-O-DOM, and its penalties;

of the **Prince of Jerusalem Degree,** its secret password TEBET-ADAR, and its penalty of being stripped naked and having my heart pierced with a ritual dagger;

Chapter of the Rose Croix

of the **Knight of the East and West Degree,** its secret password ABADDON, and its penalty of incurring the severe wrath of the Almighty Creator of Heaven and Earth;

18th Degree

I renounce the oaths taken and the curses, iniquities and penalties involved in the **Eighteenth Degree of Masonry, the Most Wise Sovereign Knight of the Pelican and the Eagle and Sovereign Prince Rose Croix of Heredom.** I renounce and reject the Pelican witchcraft spirit, as well as the occultic influence of the Rosicrucians and the Kabbala in this degree.

I renounce the claim that the death of Jesus Christ was a "dire calamity," and also the deliberate mockery and twisting of the Christian doctrine of the Atonement. I renounce the blasphemy and rejection of the deity of Jesus Christ, and the secret words IGNE NATURA RENOVATUR INTEGRA and its burning. I renounce the mockery of the communion taken in this degree, including a biscuit, salt and white wine.

Council of Kadosh

I renounce the oaths taken and the curses, iniquities and penalties involved in the **Grand Pontiff Degree**, its secret password EMMANUEL, and its penalties;

of the **Grand Master of Symbolic Lodges Degree**, its secret passwords JEKSON and STOLKIN, and the penalties;

of the **Noachite of Prussian Knight Degree,** its secret password PELEG, and its penalties;

of the **Knight of the Royal Axe Degree**, its secret password NOAH-BEZALEEL-SODONIAS, and its penalties;

of the **Chief of the Tabernacle Degree,** its secret password URIEL-JEHOVAH, and its penalty that I agree the Earth should open up and engulf me up to my neck so I perish;

of the **Prince of the Tabernacle Degree,** and its penalty to be stoned to death and have my body left above ground to rot;

of the **Knight of the Brazen Serpent Degree,** its secret password MOSES-JOHANNES, and its penalty to have my heart eaten by venomous serpents;

of the **Prince of Mercy Degree,** its secret password GOMEL, JEHOVAH-JACHIN, and its penalty of condemnation and spite by the entire universe;

of the **Knight Commander of the Temple Degree,** its secret password SOLOMON, and its penalty of receiving the severest wrath of Almighty God inflicted upon me;

of the **Knight Commander of the Sun,** or **Prince Adept Degree,** its secret password STIBIUM, and its penalties of having my tongue thrust through with a red-hot iron, of my eyes being plucked out, of my senses of smelling and hearing being removed, of having my hands cut off and in that condition to be left for voracious animals to devour me, or executed by lightening from heaven;

of the **Grand Scottish Knight of Saint Andrew Degree,** its secret password NEKAMAH-FURLAC, and its penalties;

I renounce the oaths taken and the curses and iniquities involved in the **Thirtieth Degree of Masonry, the Grand Knight Kadosh and Knight of the Black and White Eagle**. I renounce the secret passwords, STIBIUM ALKABAR, PHARASH-KOH and all they mean.

Sublime Princes of the Royal Secret

I renounce the oaths taken and the curses and iniquities involved in the **Thirty-First Degree of Masonry, the Grand Inspector Inquisitor Commander.** I renounce all the gods and goddesses of Egypt which are honoured in this degree, including Anubis with the jackal's head, Osiris the Sun god, Isis the sister and wife of Osiris and also the moon goddess. I renounce the Soul of Cheres, the false symbol of immortality, the Chamber of the dead, the false teaching of reincarnation, and the false god, RA, in the name of Jesus Christ.

I renounce the oaths taken and the curses and iniquities involved in the **Thirty-Second Degree of Masonry, the Sublime Prince of the Royal Secret**. I renounce the secret passwords, PHAAL/PHARASH-KOL and all their occultic meaning. I renounce Freemasonry's false trinitarian deity AUM taken from Hinduism, as well as its parts; Brahma the creator, Vishnu the preserver and Shiva the destroyer. I also renounce all the other Hindu deities and beliefs involved in Freemasonry, in the name of Jesus Christ. I renounce the Zoroastrian deity of AHURA-MAZDA, the claimed spirit or source of all light, and the worship with fire, which is an abomination to God, and also the drinking from a human skull in many rites.

***Shriners** (Applies only in North America)*

I renounce the oaths taken and the curses, iniquities and penalties involved in the **Ancient Arabic Order of the Nobles of the Mystic Shrine**. I renounce the piercing of the eyeballs with a three-edged blade, the flaying of the feet, the madness, and the worship of the false god Allah as the god of our fathers. I renounce the hoodwink, the mock hanging, the mock beheading, the mock drinking of the blood of the victim, the mock dog urinating on the initiate, and the offering of urine as a commemoration.

All other degrees

I renounce all the other oaths taken, the rituals of every other degree and the curses and iniquities invoked. These include the Allied Degrees, The Red Cross of Constantine, the Order of the Secret Monitor, and the Masonic Royal Order of Scotland. I renounce all other lodges and secret societies including Prince Hall Freemasonry, Grand Orient Lodges, Mormonism, The Order of Amaranth, the Royal Order of Jesters, the Manchester Unity Order of Oddfellows, Buffalos, Druids, Foresters, the Loyal Order of Orange, Purple and Black Lodges, Elks, Moose and Eagles Lodges, the Ku Klux Klan, The Grange, the Woodmen of the World, Riders of the Red Robe, the Knights of Pythias, the Mystic Order of the Veiled Prophets of the Enchanted Realm, the women's Orders of the Eastern Star, of the Ladies Oriental Shrine, and of the White Shrine of Jerusalem, the girls' order of the Daughters of the Eastern Star, the International Orders of Job's Daughters, and of the Rainbow, and the boys' Order of De Molay, and their effects on me and all my family.

Lord Jesus, because you want me to be totally free from all occult bondages, I will burn all objects in my possession which connect me with all lodges and occultic organisations, including Masonry, Witchcraft and Mormonism, and all regalia, aprons, books of rituals, rings and other jewellery. I renounce the effects these or other objects of Freemasonry, including the compass and the square, have had on me or my family, and I break all forms of slavery originating from Freemasonry in the name of Jesus Christ.

(All participants should now be invited to sincerely carry out in faith the following actions:

(1) Symbolically remove the blindfold (hoodwink) and give it to the Lord for disposal;

(2) In the same way, symbolically remove the veil of mourning, to make way to receive the Joy of the Lord;

(3) Symbolically cut and remove the noose from around the neck, gather it up with the cabletow running down the body and give it all to the Lord for His disposal;

(4) Renounce the false Freemasonry marriage covenant, removing from the 4th finger of the right hand the ring of this false marriage covenant, giving it to the Lord to dispose of it;

(5) Symbolically remove the chains and bondages of Freemasonry from your body;

(6) Symbolically remove all Freemasonry regalia, including collars, gauntlets and armour, especially the Apron with its snake clasp, to make way for the Belt of Truth;

(7) Remove the slipshod slippers to make way for the shoes of the Gospel of Peace;

(8) Invite participants to repent of and seek forgiveness for having walked on all unholy ground, including Freemasonry lodges and temples, including any Mormon or any other occultic/Masonic organisations;

(9) Symbolically remove the ball and chain from the ankles;

(10) Proclaim that Satan and his demons no longer have any legal rights to mislead and manipulate the person seeking help.)

In the name of Jesus Christ, I break every curse of Freemasonry in my life, including the curses of barrenness, sickness and poverty.

I renounce and rebuke every evil spirit associated with Freemasonry, Witchcraft and all other sins and iniquities. Lord Jesus, I ask you to now set me free from all spiritual and other bondages, in accordance with the many promises of the Bible. In the name of the Lord Jesus Christ, I now take the authority given to me and bind every spirit of sickness, infirmity, curse, affliction, addiction, disease or allergy associated with these sins I have confessed and renounced, including every spirit empowering all iniquities inherited from my family. I command, in the name of Jesus Christ, for every evil spirit to leave me now, touching or harming no-one, and go to the place appointed for you by the Lord Jesus, never to return to me or my family. I surrender to God's Holy Spirit and to no other spirit all the places in my life where these sins and iniquities have been.

Holy Spirit, I ask that you show me anything else which I need to do or to pray so that I and my family may be totally free from the consequences of the sins of Freemasonry, Witchcraft, Mormonism and all related Paganism and Occultism.

(Pause, while listening to God, and pray as the Holy Spirit leads you.)

Now, dear Father God, I ask humbly for the blood of Jesus Christ, your Son and my Saviour, to cleanse me from all these sins I have confessed and renounced, to cleanse my spirit, my soul, my mind, my emotions and every part of my body which has been affected by these sins, in the name of Jesus Christ. I also command every cell in my body to come into divine order now, and to be healed and made whole as they were designed to by my loving Creator, including restoring all chemical imbalances and neurological functions, controlling all cancerous cells, and reversing all degenerative diseases, in the name of the Lord Jesus Christ.

I ask you, Lord, to baptise me in your Holy Spirit now according to the promises in your Word. I take to myself the whole armour of God in accordance with Ephesians Chapter Six, and rejoice in its protection as Jesus surrounds me and fills me with His Holy Spirit. I enthrone you, Lord Jesus, in my heart, for you are my Lord and my Saviour, the source of eternal life. Thank you, Father God, for your mercy, your forgiveness and your love, in the name of Jesus Christ, Amen."

Since the above is what needs to be renounced, why would anyone want to join? Copying of this prayer is both permitted and encouraged provided reference is made to where it comes from. Written testimonies of changed lives and healings are welcome. If additional prayer and ministry is required following the above prayer, please contact the publishers shown on page 2, who may refer you to someone closer to you. We have competent counsellors in many countries around the world.

If you are a lodge member and wish to resign (or demit) we suggest you photocopy this page and send one copy to each lodge you held membership with, and also one copy to your national Grand Lodge.

PETITION FOR WITHDRAWING (Demit)

Lodge No..

Town/City..

Gentlemen:

When initiated into the Entered Apprentice degree, I was induced to swear that, "I will always hele, ever conceal and never reveal any of the secret arts, parts or points of the hidden mysteries of ancient Freemasonry, which have heretofore, may at this time or shall at any future period be communicated to me as such." In my ignorance, and being led line by line, I indulged in the blood oath you required of me.

Now, gentlemen, after having examined the highest documents of the institution of Freemasonry, I have found that the god of Masonry is positively not the God of the Bible. Freemasonry is in no way compatible with the Christian Faith. Being a Christian as I now am, and confessing the Lordship of Jesus Christ as I do, and having learned of the true nature of Freemasonry, I present to you my Petition of Withdrawal.

I renounce my association with and my obligations to the craft of Masonry, without the least equivocation, mental reservation, or self-evasion of mind. For the Word of God says: **"Do not be unequally yoked together with unbelievers. For what fellowship has righteousness with lawlessness? And what communion has light with darkness?"** (2 Corinthians 6:14).

I have no animosity towards you gentlemen, nor any other man in the Lodge. I trust you did not seek to deceive me deliberately, but the teachings of Freemasonry had deceived us both. I no longer desire any Masonic ritual at my funeral. I request that you formally acknowledge this petition in writing as soon as possible.

Respectfully,

Name..

Address..

Date..

REFERENCES

1. Still, "New World Order -the ancient plan of Secret Societies," p. 28.

2. Ward, "Higher Degrees Handbook," p. 25.

3. Waite, "A New Encyclopaedia of Freemasonry."

4. Rice, "Lodges Examined by the Bible," p. 44.

5. "History of the Church," vol. 4, p. 551-2; vol. 5, p. 2.

6. "Liturgy of the Antient & Accepted Scottish Rite of Freemasonry, Part 3, p. 173.

7. Hall, "The Lost Keys of Freemasonry."

8. Wilmhurst, "The Masonic Initiation," p. 3.

9. Coil, "Masonic Encyclopedia," (quoted from Cultwatch, p. 101).

10. Mackey, "Revised Encyclopedia of Freemasonry," vol. 2, p. 847.

11. Higgins, "Ancient Freemasonry," p. 10.

12. Ward, "Freemasonry - its Aims and Ideals," p. 185,

13. Pike, "Morals & Dogma," p. 213.

14. Morey, "The Origins & Teachings of Freemasonry." pp. 115-116

15. Wayne, "Freemasonry - an Interpretation."

16. Ronayne, "Masonic Oaths Null & Void."

17. Taylor, video - "Freemasonry - from Darkness to Light."

18. Pike, "Morals & Dogma," p. 295.

19. Haywood, "The Builder," p. 17.

20. Leadbeater, "The Hidden Life in Freemasonry," p. 131.

21. Ward, "Who is Hiram Abiff," p. 48.

22. Mackey, "Symbolism of Freemasonry," p. 353.

23. Ward, "Entered Apprentice Masonic Handbook," p. vii.

24. Pike, "Morals & Dogma," p. 321

25. Hislop, "The Two Babylons." p. 43.

26. Still, "New World Order -the ancient plan of Secret Societies," p. 31.

27. Button, "Worthy Masons All," p. 20. (Commended by Grand Master, United Lodge of Victoria.)

28. Vindex, "Light Invisible," p. 49. (Anonymous Masonic author who admitted more than he realised.)

29. G.J.O. Moshay "Who is this Allah," pps 134, 135.

30 "Blinded by the Lie" by Rev. Lyndon Ellis, p 144-145.

RECOMMENDED READING

For information about Masonic teaching, history and rituals the following books have been most helpful in my research, and I recommend them for your purchase should you wish to study this important subject deeper. I have used other resources but for space reasons I haven't included what I can't recommend.

"Masonic Rites and Wrongs," by Steven Tsoukalis (P & R Publishing) [One of the best researched books I have read on Masonry, and which came to hand after I had completed the International edition of this book.]

"Blinded by the Lie," by Rev. Lyndon Ellis, Queensland, Australia.

"Freemasonry: the Invisible Cult in our Midst," by Past W. Master Jack Harris

"Armageddon Within," by Past W. Master Jack Harris, (former State Lecturer in Blue Lodge Ritual)

"Darkness Visible," & "Christian By Degrees," by Walton Hannah, (Augustine Publishing)

"Masonic Lodge," by George A Mather & Larry A Nichols, (Zondervan) [Another great little book which arrived after I had completed my research.]

"The Brotherhood," by Stephen Knight, (Grafton/Collins)

"Cult Watch - What you need to know about Spiritual Deception," by John Ankerberg & Dr. John Weldon, (Harvest House)

"New World Order: the Ancient Plan of Secret Societies," by William T Still, (Huntington House)

"The Southern Baptist Convention & Freemasonry," Vols. 1,2 & 3, by Dr. James L Holly, (Mission & Ministry to Men Inc.)

"Heresies Exposed," by Wm. C. Irvine, (Pickering & Inglis)

"Lodges Examined by the Bible," by Dr. John R. Rice (Sword)

"Freemasonry - Friend or Foe?" by Donald A. Prout.

"Freemasonry and Christianity," by Dr. Alva J. McClain, (BMH Books)

"Freemasonry - a Way of Salvation?" by John Lawrence, (Grove)

"Should a Christian be a Mason?" by E.M. Storms (New Puritan Library)

"Evicting Demonic Squatters & Breaking Bondages," by Noel & Phyl Gibson (Freedom in Christ)

"Secret Societies and Subversive Movements," by Nesta H. Webster (Christian Book Club of USA.)

"The Curses and Bondages of Freemasonry," by Kevin Ekert (Australian Christian Ministries) {The author is a former 32° Freemason whole held ranking office in the Grand Lodge of New South Wales.)

"The Bondages of Women in Freemasonry Orders," by Kevin Ekert (Australian Christian Ministries)

Video - "Freemasonry - from Darkness to Light," by Free the Masons Ministries, Issaquah, Washington,

IN SUMMARY

Freemasonry is a religion in its own right, according to its own authorities. There is little in its beliefs which is acceptable to true Christians. This explains why so many Christian denominations oppose Freemasonry. Church attendance should never be confused - or substituted - for a relationship with Jesus Christ. There is an life-changing difference with eternal repercussions. One friend of mine who was a Freemason for 25 years, held Grand Rank and who advanced to the 32° stated, **"It wasn't until I had completely renounced Freemasonry ...and resigned from all my Masonic commitments that I really had fellowship with the Lord Jesus."** People are free to choose, but they cannot be both Freemasons and Christians - these are not compatible.

Any genuine Christian content in Freemasonry was removed 200 years ago. Its blood oaths are blind contracts to commit murder and other crimes of violence, mutilation and deceit. The god of Freemasonry is not the true God who reveals Himself through the Bible. The true and open union of a couple in marriage is prevented because of secrets which Freemasons dare not share with their wives, most of whom would object strongly if they knew what went on. Those in the lower degrees are deliberately deceived by those above them.

Freemasonry holds many people in slavery with a false hope of spiritual, salvation and immortality which emphatically excludes the true Saviour and Lord Jesus Christ. My heart's desire is to see these people released from the curses and iniquities which they have brought on themselves and their families, and for each one of them to find the true freedom, service and brotherhood which can be found only in Jesus Christ and His Church.

Proverbs 14:12 says **"There is a way that seems right to a man but in the end it leads to death."** Freemasonry is a road to spiritual death. Don't expect God to ignore such idolatry. It was Jesus Christ of Nazareth who died for my sins and your sins. Jesus Christ is **"the only Way to God "**(John 14:6 and 1 Timothy 2:4-5) and there is **"no other name under heaven given to mankind by which we must be saved!"** (Acts 4:12). God says that!

If you are a Freemason then I invite you before Almighty God to renounce the idolatry and blasphemy into which you were tricked and deceived. *Please pray through the prayer which commences on page 48.* If any member of your family (regardless of how many generations ago) was ever a Freemason or any of the other groups mentioned, then every member of your family has been placed under a curse or iniquity. In Exodus 20:4-5 God speaks a curse on all who get involved in the worship of false gods. Everyone in your family will require ministry to deal with this. However, I have some good news for you - **Jesus Christ has come to set you free, and those He sets free are free indeed! He awaits your decision now.**

Books you can order by Selwyn Stevens - *(photocopies of this order form are welcome)*

Title	Code #	NZ$	US$	Aus/Can$
Unmasking Freemasonry	BFMS	$11-95	$7-95	$11-95
Unmasking Mormonism	BUMS	$10-95	$6-95	$10-95
Unmasking the Watchtower	BUWS	$10-95	$6-95	$10-95
Unmasking Spiritualism	BUSS	$10-95	$6-95	$10-95
Fatal Faith	BFFS	$10-95	$6-95	$10-95
The New Age - Old Lie in a new pack	BNAS	$10-95	$6-95	$10-95
Signs & Symbols & what they mean	BSSS	$7-95	$4-95	$7-95
Treated or Tricked - Altern. Therapies	BTTB	$13-95	$8-95	$13-95
Servant of 2 Masters - Christian Masons	BSTS	$6-95	$3-95	$6-95
Essentials for Faith	BEFS	$10-95	$6-95	$10-95
Every Eye Shall See! - Christ's Return	BEYS	$11-95	$7-95	$11-95
How to Recognise the Voice of God	BHRS	$6-95	$3-95	$6-95
Rediscovering the Messiah in the Passover	BRMS	$6-95	$3-95	$6-95
Healing & the Disciples of Jesus Today!	HRDS	$24-95	$17-95	$24-95
To Whom Shall We Go?	BTWS	$14-95	$9-95	$14-95

sub-total $________

Post & Handling$________

Signature ________________________________

(required for card payments only)

Gift for ministry$________

TOTAL ENCLOSED $________

Visa/Mastercard No ________/________/________/________ Expiry______/______

Name *(Please print)*____

Address____

City________________________State & Postcode________________

Country____

Please post me ...... copies of latest catalogue for my friends.

ORDER FROM: Jubilee Resources

PO Box 36-044, Wellington 6330, New Zealand

PO Box 361, Nundah, Qld 4012, Australia

24307 Magic Mountain Pkwy, #261, Valencia CA 91355-1292, USA

65 Cedar Pointe Drive, Ste 177, Barrie, ON, L4N 9R3 Canada

Internet: www.jubilee-resources.com

Special note for placing orders

Most deliveries in N.Z. & Australia may be more suitable by Courier (allow 1-5 days) so please advise street address. Items dispatched to other countries sent by International Air Mail Post - please allow to 5-14 days for delivery. Visa & Mastercard payments will be transacted in the nearest currency at the rate closest to the amounts shown. NZ, Australian & Canadian prices include gst. E. & O.E.

POST & HANDLING RATES

Orders from:

New Zealand - in NZ currency add 10% (minimum $2-50)

USA - in US currency add 20% (minimum $3-00)

Australia - in Aust. currency add 15% (minimum $3-00)

Canada - in Canadian currency add 20% (minimum $4-00)

Rest of World - in US currency add 20% (minimum $5-00)